det var vi

우리가 빚진 것

det var vi
우리가 빚진 것

초판 1쇄 인쇄 | 2020년 8월 3일
초판 1쇄 발행 | 2020년 8월 20일

지음 | 골나즈 하셈자데 본데
옮김 | 공경희
펴낸이 | 김남석

발행처 | ㈜대원사
주   소 | 06342 서울시 강남구 양재대로 55길 37, 302
전   화 | (02)757-6711, 6717~9
팩시밀리 | (02)775-8043
등록번호 | 제3-191호
홈페이지 | http://www.daewonsa.co.kr

ⓒ 골나즈 하셈자데 본데, 2020

Daewonsa Publishing Co., Ltd
Printed in Korea 2020

ISBN | 978-89-369-2150-7

이 책의 국립중앙도서관 출판시 도서목록(CIP)은
e-CIP홈페이지(http://www.nl.go.kr/ecip)에서
이용하실 수 있습니다. (CIP제어번호 : CIP2020031442)

det var vi
우리가 빚진 것

골나즈 하셈자데 본데 소설·공경희 옮김

ᐁ 대원사

옮기고 나서

문학작품, 특히 소설은 '그 여자, 그 남자'의 사연을 다루므로 그동안 참 많은 사람들의 사연을 들었다. 번역 작업의 속성상 한 작품을 접하는 기간이 긴 데다, 인물들의 속내와 관계를 잘 파악해서 표현하는 것이 좋은 번역일 터여서 '사연'에 무척 집중한다. 그래서 번역 작업을 하는 동안 인물들과 공감하고 동화되기 쉽다.

소설 말미에서는 친구처럼 느껴지지만, 작업이 끝나면 매정하다 싶게 잊기 일쑤다. 또 다른 인물이 기다리고 있어서일까. 그런데 영 잊히지 않고 마음에 남는 인물들이 있다. 나와, 독자와 헤어진 이후로 행복하면 좋겠다는 생각이 드는 인물. 〈우리가 빚진 것〉의 나히드도 그런 주인공이다.

이란의 작은 마을 출신으로 의대생이 된 나히드. 딸 부잣집의 똑똑한 딸로 어머니의 자랑이 되어 멋진 대학생 선배 마수드와 사랑에 빠진 기쁨도 잠시, 곧 혁명의 소용돌이에 휘말려 시위에 가담했다가 여동생을 잃는 슬픔을 겪는다. 마수드와 결혼해 딸 아람을 낳지만 혁명의 광풍이 부는 이란에서 황폐하게 살 수 없어 스웨덴으로 이주해 난민의 삶을 시작한다. 누런 사막을 벗어나 사방이 바다와 흰 모래가 펼쳐진 스웨덴에서 가족은 어떤 삶을 영위하게 될까.

소설은 쉰 살의 나히드가 시한부 진단을 받으면서 시작한다. 스웨덴 이주부터 이 순간까지, 이 진단 순간부터 죽음을 맞이하는 순간까지의 이야기가 펼쳐진다. 거기에는 한때 빛나는 영혼들로 사랑했으나 인생의 회오리 속에서 빛을 잃고 상처를 주는 남자와 여자의 관계, 이란인으로 성장해서 죽음을 앞둔 어머니와 스웨덴인으로 성장해서 새 생명의 출산을 앞둔 딸의 관계, 고국을 떠나며 뽑힌 뿌리를 새 땅에 깊이 내려야 되는 한 인간의 고통과 희망의 여정, 죽음을 목전에 둔 사람이 자신의 삶과 자식에 대해 겪는 섬뜩할 만치 진솔한 감정 등이 표현된다.

그래서 〈우리가 빚진 것〉의 주제는 하나로 특정할 수 없다. 읽는 이의 마음과 관심에 따라 온갖 이야기로 읽힐 수 있는 것이 이 소설에 매력과 문학성을 부여한다. 처음 작업할 때는 난 죽음을 앞둔 상황에 주목했다. 주인공 나히드와 비슷한 연배이고 딸 하나를 둔 것도 같다. 갑자기 그 아이를 세상에 두고 떠나야 된다는 선고를 받는다면 그 마음이 어떨까. 그 생각을 좀처럼 떨칠 수가 없었다. 하지만 어느 순간 모녀의 관계에 눈이 갔다. 깊이 사랑하지만 마음을 순하게 표현하지 못하는 나히드를 지켜보면서 나는 어떤 엄마인지, 어떤 엄마가 되고 싶은지 자신에게 물었다. 뿌리를 뽑혀 살아야 되는 인간이 너무도 딱했고, 삶이 황폐해지자 사랑이 폭력으로 변하는 과정도 너무 안타까웠다. 이렇게 다시 읽을 때마다 다른 각도로 작품을 만난다. 그래서 이 이야기는 끝없이 이어진다.

공경희

어머니가 말했다.

"네가 상황을 헤아린다면 날 더 쉽게 봐주련만."

— 아테나 파로흐자드

난 늘 죽음을 안고 살아왔다. 시답지 않게 들리겠지. 죽음을 앞둔 이들이 입에 달고 사는 말 정도로 치부할 것이다. 그런데 매사 그렇듯 이 일에서도 난 남들과 다르다, 아니 그렇게 믿고 싶다. 진심으로 그렇게 믿는다. 마수드가 죽었을 때도 난 그렇게 말했다. 우리의 시간은 늘 빌린 것이었다. 우린 살아 있으면 안 될 사람들이었다. 혁명 중에 죽었어야 했다. 그 여파 속에서. 전쟁 속에서 벌써 죽었어야 되는 사람들이었다. 그런데 난 30년을 더 선사받았다. 내 생애의 절반 이상을. 상당한 기간이고 감사할 일이다. 내 딸의 나이와 엇비슷한 기간이니. 맞다, 그렇게 보는 게 합당하다. 내가 그 아이를 세상에 내놓을 수 있었으니까.

그런데 딸에게 난 이렇게 오래 필요하지 않았다. 누구나 마찬가지다. 흔히 부모라는 이유로 자신이 필요한 사람인 줄 안다. 천만의 말씀. 사람은 살아갈 길을 찾기 마련이다. 내가 골칫거리가 아닌 쓸 만한 존재였다고 누가 장담할까? 난 어림없다고 믿는다. 난 받은 것보다 많이 주는 타입이 아니다. 그러면 안 되는 건데, …결국 어미가 아닌가. 무게를 견디는 것이, 남들을 위해 견디는 것이 내가 감당할 몫이건만. 하지만 난 누구를 위해서도 그래본 적이 없는 사람이다.

"사실 수 있는 날이 최대 6개월 남았습니다."

빌어먹을 마녀가 내게 말한다. 별일 아니라 그저 불운한 소식을 전하는 말투로 지껄인다. 어린이집 선생이, 아람이 다른 아이에게 맞았다고 전해 주곤 하던 그 말투다. 약간의 애처로움. 약간의 죄책감. 마녀는 그 말을 하면서 날 쳐다보지도 않고 컴퓨터 모니터만 응시한다. 그 안에 진실이라도 있는 것처럼. 상처 받는 대상이 모니터 화면인 것처럼. 그러더니 뺨에 눈물을 줄줄 흘리면서 물끄러미 무릎을 내려다본다. 이제 이 의사가 피해자가 된다. 그녀에게 위로가 필요하다.

"시끄러워요!" 그렇게 소리치고 싶다. '당신이 뭔데 내가 죽을 거라고 말하는 거야. 당신이 뭔데 나랑 관계라도 있는 것처럼 우는 거야.' 하지만 난 윽박지르지 않는다. 이번에는 가만히 있다. 스스로도 놀랍다.

"상사분과 이야기하고 싶군요."

대신 그렇게 말한다.

여의사는 화들짝 놀란 눈치다. 아마도 의외의 반응이겠지. 나도 질질 짤 줄 알았겠지.

"선생님의 상사분과 이야기하고 싶다고요."

대신 이렇게 말한다.

의사는 경악한 것 같다. 엉뚱한 반응이라고 생각하겠지. 나 역시 질질 짤 줄 알았겠지.

그녀가 대답한다.

"힘든 말이라는 건 알아요. …듣기 힘든 말이죠. 하지만 누구랑 이야기하느냐는 중요하지 않습니다. 씨티 판독, 검사 결과들이 있는걸요. 이론의 여지가 없습니다. 암에 걸리셨어요. 게다가 이 암은 …상당히 많이 진행된 상태입니다."

의사는 침묵하면서 날 바라본다. 내 얼굴에 알아들은 표정이 떠오르기를 기다린다. 그런데 변화가 없으니 그녀가 다시 말한다.

"4기입니다. 암이에요. 환자분에게 남은 시간이 길지 않다는 뜻입니다."

"시끄러워요!"

이제 이 말을 하고 만다. 내가 계속 말한다.

"난 간호사예요. 25년간 의료계에서 근무했어요. 난 알아요, 선생님은 내게 그 말을 할 권한이 없죠. 내게 남은 시간이 얼마나 되는지 모르잖아요. 선생님이 신이 아니니!"

의사는 심정이 상해서 등을 꼿꼿이 세운다. 30대인 게 분명한데 애처럼 양 갈래로 묶은 머리가 돼지꼬리 같다. 책상 위에 아기 사진이 있다. 나는 고개를 젓는다. 의사는 자신이 뭘 아는지, 뭘 모르는지 감을 못 잡는다.

둘이 침묵 속에 앉아 있다가, 결국 의사가 소매부리로 눈물을 닦고 방에서 나간다. 나는 잠시 얼어붙어 앉아 있다가 핸드백에 손을 뻗어 전화기를 꺼낸다. 누군가와 통화해야 한다. 딸에게 전화해야 한다. 이렇게 말해야겠지. "여보세요, 내 저주받은 까마귀 새끼야. 이제 네 엄마도 죽게 생겼구나."

이런 염병할. 대신 자흐라에게 보낼 휴대폰 문자를 쓰려고 한다. 하지만 그것도 지워버린다. 무슨 말을 하나? "안녕, 친구야. 무진장 버둥대며 살았는데 이제 끝이네." 어떻게 그래.

두 사람의 목소리가 가까워진다. 담당 의사와 상관이다. 둘은 문 밖에서 멈춘다. 소곤댄다. 이 가정의학과에서는 죽음을 자주 대하지 않겠지. 두 의사는 누가 안에 들어가 나와 대화할지 상의 중이다. 난 이해한다. 그들은 하던 대로 오늘의 일과를 해나가고 싶다. 다음 환자를 보고 싶다, 밀리지 않고. 나는 선택지를 고심한다. 이대로 가방을 챙겨 나가야 될까? 의사들을 괴롭히지 않고. 나 자신을 괴롭히지 않고.

코트를 잡는다. 빨간색이다. 핸드백에 손을 뻗는다. 역시 빨간색. 부츠를 내려다본다. 빨간색. 내가 신경 쓰는 평범한 것들. 전에 챙기던 것들이다. 손이 떨리기 시작하더니 어깨도 떨린다. 핸드백을 바닥에 떨어뜨린다. 몸속에서 밀고 올라오는 흐느낌을 누르려고 애쓴다. 바로 그 순간 의사들이 진료실 문을 연다. 안으로 들어온다. 나를 쳐다본다. 그들이 몸을 돌려 나가고 싶어 하는 게 빤히 보인다. 난 그들을 겁먹게 하고 싶지 않다. 미소를 지으려고 한다. 그런데 그것이 밀려든다. 의사들이 모르는 것. 이 엿 같은 나라에서, 아는 게 넘쳐나는 나라에서 아무도 모르는 것. 아픔, 상실, 갈등. 난 울기 시작한다. 울고 또 운다. 그녀도, 앞서 만난 여의사도 운다. 딱한 사람. 울 건더기가 없는 사람이 울다니.

여전히 여의사는 사과한다. 상사인 의사는 내가 언제까지 살지 모른다고 말한다. 몇 주가 될 수도, 몇 년이 될 수도 있다고.

"하지만 환자분은 이 암으로 돌아가실 겁니다. 병을 알리는 게 최선이에요. 가장 가까운 친지들에게 말하세요. 특히 자녀들에게……."

그녀가 말한다.

'당신이 내 딸에게 말하시지 그래?' 하는 생각이 든다. 하지만 의사가 말을 계속해서 난 그 말을 입 밖에 내지 못한다.

선배 여의사가 말한다.

"당연히 힘든 일일 겁니다. 자녀들에게 털어놓기가 몹시 어려우시겠죠. 그래도 가족은 알 자격이 있습니다. 마음의 준비를 할 필요가 있지요."

나는 의아한 표정으로 그녀를 바라본다. 의사는 내가 뭘 궁금해하는지 모르지만, 내가 그렇게 볼 수밖에 없다는 걸 알 것이다.

"마수드가 얼마 전에 세상을 떠났어요. …아이 아버지요. 그이가 아주 최근에 돌아갔어요."

의사가 고개를 끄덕인다.

"그 사람은 갑자기 죽었어요. 그 편이 더 낫다고 생각하지 않나요? 아람에게, 내 딸에게? 이렇게 죽음을 안고 사는 것보다는. …죽음을 기다리는 것보다는 어느 날 그냥 죽어버리는 게 더 낫지 않을까요?"

"모르겠네요."

의사가 말한다. 대답을 기대하고 물은 것도 아닌데 그녀가 덧붙여 말한다.

"하지만 환자분은 따님이 필요하실 거예요. 쉽지 않은 일일 겁니다."

그녀가 소책자를 내민다. 죽음을 준비하는 방법 같은 걸 다룬 책자다. 나는 고개를 젓는다.

"난 죽지 않을 거예요! 난 싸울 거예요. 당장 치료를 시작하고 싶네요!"

의사가 머뭇거린다.

"네, 저희가 항암 치료 전문의를 연결시켜드릴 겁니다. 하지만 치료에 들어가려면 조금 기다리셔야 될 거예요. 곧 부활절 휴가거든요. 치료 시작까지 시간이 좀 걸릴 겁니다, 나히드.”

나는 의자에 앉은 채로 몸을 숙인다.

“하지만 내가 죽을 거라면서요. 손 놓고 있으면 죽겠죠. 이건 응급 상황이라고요!”

그녀는 고개를 젓는다.

“암은 응급 상황이 아니에요. 몇 주 정도는 문제가 안 됩니다, 나히드.”

“그게 무슨 말이에요? 이게 응급 상황이 아니면 대체 뭐죠?”

“저기, ⋯암은 만성질환으로 분류됩니다만.”

나는 눈썹을 치뜬다.

“만성? 내가 곧 죽는다면서 어떻게 만성질환일 수 있지?”

“미안합니다.”

그녀가 문설주에 기대선다. 여의사는 진료실로 들어오지도 않았다. 거기서, 방 밖에서 멈추었다. 이게 무슨 전염병이라도 되나? 암이. 죽음이.

“미안합니다.”

내가 일어난다.

“사과할 것 없어요. 난 아직 안 죽었어요.”

립스틱을 꺼내서 입술에 바른다. 내가 강인하다는 걸 보여준다. 그러고 나서 진료실에서 나간다. 잰걸음으로 여의사 앞을 지난다. 의사들이 부르지만 난 계속 걷는다. 얼른 서둘러 걸어간다. 몸을 돌려 의사의 품에 쓰러져 위로를 구걸하는 꼴을 보이면 안 되니까. 진심어린 약속과 위로를 구걸하면 안 되니까.

집에 돌아와서야 얼굴에 마스카라가 흘러내린 걸 안다. 립스틱이 입술 선 밖으로 번졌다. 소름끼치는 모습이다. 마녀 같다. 허수아비. 마네킹. 주검. 살아 있는 게 뭔지 전혀 모르는 사람 같다.

살날이 여섯 달 남았다. 아니면 몇 주. 또는 몇 년. 세수도 하지 않고 소파에 주저앉는다. 양손을 무릎에 올리고 앉아 이제 어쩌면 좋을지 궁리한다. 죽을 거라는 말을 들었으니 뭘 해야 하나.

러그 위에 종이더미가 담긴 바구니들이 있다. 몇 달이나, 몇 년간 거기 있었다. 늘 보관하면 언젠가 정리될 줄 알고 지냈다. 하나하나 해결할 거라고. 어쩌면 그게 지금 할 일이겠지. 문건들을 훑어보는 일. 다 제대로인지 확인하는 일이. 예전 전화요금 청구서. 계좌 잔고내역서. 세금 신고서. 그 바구니들을 놔둘 이유가 없었다는 생각이 스친다. 몽땅 버려도 무방하다. 휙 던져 버려도 될 것들이다. 그건 아람이 처리할 수 있다. 나중에. 다 끝난 후에.

테이블에서 수첩과 펜을 집는다. 적기 시작한다. 그간 적은 메모들도 다 바구니에 있다는 걸 깨닫는다. 적어도 그 쪽지들은 내가 버려야겠지. 아람이 보면 어떻게 생각할까? 내가 얼마나 외롭게 살았는지 알게 될 텐데. 내가 얼마나 분노했는지. 딸을 보호하고 싶어야 마땅하겠지만 난 그렇지 않다. 그냥 놔둬! 아람이 내 고통을 느끼게 놔두라고. 그러면 안 되는 걸, 모성이 날 만류해야 된다는 걸 안다. 그런데 내 모성은 그러지 않기에 내 맘대로 한다.

펜이 종이를 긁고 지나간다. 뭘 남기고 가는지 알고 싶다. 이혼하면서 마수드가 전부 가져갔다. 난 아무것도 받지 못했다. 그 후 모으면서 살았다. 차곡차곡 저축하고 쌓으면서. 내 안전을 쌓아 갔다. 내 미래를. 그런데 이제 그게 없다니 참. 웃음이 터진다. 미래 따윈 없다. 다들 알려나? 긴 세월 미래를 계획하며 보냈는데 미래가 존재하지도 않는다니……. 누가 그럴 줄 알았을까.

그걸 알았다면 난 다르게 살았을까? 줄줄이 이어지는 근무를 피했으려나? 신용카드를 긁어 대면서 큰 빚을 남겼으려나? 잘 모르겠다. 그랬겠지. 아마도. 왜 아니겠어. 왜 그렇게 살지 않았겠어?

쭉 적어 내려간다. 내가 사는 아파트. 대여 금고에 있는 금붙이 패물. 꾐에 넘어가 텔리아와 패물을 사서 나누어 쓴다. 은행계좌에 있는 저금. 옷장에 감추어 둔 비상금. 전부 적고 계산한다. 더하니 액수가 상당하다. 거액이네!

처음, 나 같은 사람에게는 큰돈이라고 생각한다. 그러다가 아니, 그게 아니지 싶다. 여기서 태어나고 이 나라에서 성장했어도 그만한 돈이 없고, 앞으로 모으지 못하고, 모으지 못했던 사람들이 부지기수다. 그들은 나만큼 재산이 없다. 그들은 남길 게 없다.

이건 나 같은 사람한테만 상당액이 아니다. 그냥 거액이다. 아람에게도 거액이다. 아람이 그리 생각하지 않으면 밀어내면 그뿐이겠지! 전쟁통에 생긴 아이. 감사해야 될 것이다. 아람은 고마워할 테고 난 그걸 안다. 이 돈은 나보다는 아람에게 더 도움이 될 것이다. 그 아이에게 살 기회가, 살아 있을 기회가 더 많으니까. 내가 죽음을 앞두어서만은 아니다. 난 그걸 가졌던 적이 없었기 때문이다. 그저 살아가는 능력. 내 천성은, 타고난 본성은 생존하는 능력이었다. 생존하면서 컸다. 그저 사는 것과 다르다. 딸이 생존하는 능력을 가졌는지는 모르겠다. 아마 갖고 있겠지, 방공호에서 태어나다시피 했으니. 하지만 아람의 친구들은 다르다. 스웨덴에서 태어난 아이들은 그런 능력을 갖지 못한다.

그 생각을 하니 진료소의 의사가 떠오른다. 그녀의 눈물도. '그 사람'이 울 이유가 뭐 있어?

내 어머니는 아홉 살 때 시집보내졌다. 나로서는 그 말을 입으로 옮기기조차 힘들다. 수치스럽다. 입 밖에 내는 것만으로도 그 일을 눈감아주는 것 같아서. 그래서 입을 다문다. 어머니는 아홉 살이었고, 내 아버지는 스물일곱 살이었다. 그 시절에는 그닥 특별한 일이 아니었다. 하지만 흔한 일이었대도 어머니로서는 마찬가지였을 것이다. 억지로 부모 슬하를 떠나 생면부지 어른 남자랑 성관계를 시작해야 되는 마음은 이러나저러나 같았으리라.

나는 아버지에게 화를 낼 수가 없다. 그는 누구나 했던 일을 했다. 하지만 당시의 그 어린 여자애를 생각한다. 그 생각이 내 자식을 가졌을 때보다도 더 모성을 자극한다. 내가 그 여자애를 구할 수 있었다면 나 자신도 구할 수 있었을 것이다. 그 아이를 구할 수 있다면, 내 딸도 구할 수 있으련만.

어머니는 열두 살 때 마리암을 낳았다. 두 사람을 생각하면 억장이 무너진다. 열두 살 엄마에게 아기는 세상의 중심이 되었다. 어머니의 내면에서 무슨 일이 벌어졌는지 난 모른다. 하지만 마음을 닫아걸었을 거란 생각이 든다. 그게 가능한 유일한 대처법이었겠지. 아기를 품에 안은 열두 살 엄마. 달리 뭘 어쩔 수 있었을까?

결국 어머니는 젊은 나이에 홀몸이 되고 말았다. 남편과 사별했을 때 어머니 나이 갓 서른일곱이었고, 슬하의 자식이 일곱이었다. 아버지가 세상에 없어도 현실의 변화는 별반 없었다. 그는 오랫동안 병석에 있었다. 어머니에게 남편은 자식이 하나 더 늘어난 정도였겠지. 모르겠다. 어머니는 아버지 얘기를 하지 않았다. 남자들을 입에 올리지 않았다. 우리 자매들의 결혼사진 속 어머니는 당당한 신부 어머니로 꼿꼿하게 서 있지만 얼굴에 웃음기가 없다. 어머니 보기에 남정네와의 결혼은 필요악이었다. 아니면 필요조차 없는 일이었거나. 그저 피할 수 없는 똥 같은 거였겠지.

우리 어머니. 혁명기에 이루 말로 못 할 고초를 겪으신 분. 사람들은 딸 일곱을 낳은 어미는 마음이 편할 걸로 생각한다. 전쟁터에 내보낼 아들이 없으니까. 애도할 아들이 없으니까. 하지만 수상한 시절이었던지, 우리가 이상한 여자들이었다. 우린 거리에서 싸웠고, 어머니는 뜬눈으로 밤을 지새우며 살았다. 기다리고 서성대고 흐느끼면서.

몇 주. 반 년. 몇 년.

무슨 차이가 있을까? 잘 모르겠다. 각각 시간의 양이 다르다. 그건 이해가 된다. 하지만 이 시점에서 시간이 무슨 차이가 있을까? 시간을 어떻게 할까? 병마에 시달리는 시간. 외로운 시간. 죽기를 기다리며 보내는 시간. 미래를 그리지 못하는 사람은 시간을 어떻게 할까? 모르겠다. 그게 이유라는 생각이 든다. 어쩌면 내가 이런 일을 겪는 것은 그것 때문이다. 그게 암이 나를 선택한 이유다. 내가 시간을 어떻게 할지 모르기 때문에. 내가 인생을 어떻게 할지 모르기 때문이다.

그걸 견딜 수가 없다, 그런 생각을 견딜 수가 없다.

일어나서 전화기를 든다. 번호를 누른다. 전화할 수 있는 유일한 번호다.

"여보세요!?"

내 앞에 있는 그녀가 보인다. 유선전화기 옆에 놓인 스툴

에 털썩 앉으며 한숨을 내쉰 후 수화기를 드는 장면이 그려진
다. 나쁜 소식을 각오한다. 자기 방어를 하느라 마음의 준비
를 한다.

"살람, 마망(안녕하세요, 엄마.)"

나는 치미는 감정을 가라앉히느라 침을 삼킨다.

"나히드? 나히드냐? 무슨 일이 생겼니? 아무 일도 없어?"

"아무 일도 없어요. 아주 잘 지내요. 그냥…, 그냥 엄마가
보고 싶어서요."

"사는 게 다 그렇단다, 나히드. 사는 게 그래."

우린 한동안 침묵하고 그러다가 어머니가 늘 하는 얘기를
늘어놓는다. 이웃들, 토마토 값, 관절염. 난 듣는다. 지난주에
통화했을 때와 똑같다. 이 특별한 날에 아무 영향도 받지 않
은 대화. 내가 소리 내지 않으려고 얼굴을 쿠션으로 막는 것
만 다를 뿐.

"나히드, 아직 듣고 있니?"

난 떨리는 소리가 나올 줄 알기에 전화를 끊는다. 어머니
는 전화가 끊긴 줄 알 것이다. 오랜 세월 우리의 통화 중 무수
히 그랬듯이. 다음에 내가 전화하면 그 일은 잊힐 테고.

어둑어둑해질 무렵 나는 다시 전화기를 든다. 통화할 사람을 어떻게 선택할지, 왜 자흐라에게 전화하는지 모르겠다. 하지만 전화하니 마음이 한결 놓인다. 누군가와 대화하니, 상대가 흐느끼는 소리를 들으니 큰 위로가 된다. 내 소식이 자흐라를 슬프게 해서 다행이다. 그녀가 나를 그리워할 테니 다행이다. 누군가 의당 그래야 될 반응을 보이니 기분이 좋다. 이런 반응을 얻을 수 있어 마음이 좋다. 난 한동안 말없이 울음소리를 듣다가 자흐라를 위로하기 시작한다.

"괜찮아. 내 인생이 그리 나쁘지 않았어."

우린 말이 없다. 그 말이 사실인지 모르겠지만 둘 다 부정하지 않는다. 다만 서로의 침묵에 귀 기울이고 그걸로 족하다.

"아람에게 알렸니?"

자흐라가 묻는다.

나는 고개를 젓는다.

"여보세요?"

내가 대답한다.

"미안. 그 아이에게 알리지 않았어. 아무한테도 말 안 했
어."

자흐라가 고개를 끄덕인다. 난 그 소리를 듣는다.

"내가 전하는 게 좋을까?"

나는 안도의 한숨을 쉰다.

"응. 그래. 그러면 고맙지. 그래줄 수 있겠어?"

"모르겠어."

그녀가 대답한다.

남에게 얼마나 부탁할 수 있을까? 난 뭐든 해도 된다고 생
각한다. 이제 무슨 부탁이든 할 수 있다. 그 어떤 부탁이라도.

"네가 그렇게 해 주면 정말 고맙겠어. 부탁해."

다시 그녀가 우는 소리가 들린다. 하지만 자흐라는 감당해
야 한다, 어떻게든 감당할 일이다.

"내가 갈게."

자흐라가 말하고 우린 전화를 끊는다.

난 반듯하게 눕는다. 눈을 감는다. 몇 주, 여섯 달, 몇 년.
당장 필요한 것은 눈을 감는 것이다.

*

그들이 온다. 친구들이 다 나타난다. 난 소파에 누워서 실

눈을 뜨고 본다. 그들은 나를 내버려둔다. 다들 별로 말이 없다. 손으로 턱을 감싸고 앉아 있다. 이따금 서로 쳐다보면서 고개를 젓는다. 천천히 이상하게 젓는다. 슬픔이 보기보다 클 때 그러듯이. 어떤 슬픔이 모든 한을 대변할 때 그러는 것처럼. 난 친구들이 무슨 생각을 하는지 안다. 우린 너무 많은 걸 잃었다. 이미 잃은 게 너무 많다. 그런 우리가 왜 더 잃어야 하나. 왜 이런 식이어야 될까, 더 많은 걸 빼앗겨야 될까. 나도 동감이다. 친구들은 눈치 채지 못하고 날 쳐다보지도 못하지만, 난 누워서 실눈을 뜨고 똑같이 고개를 젓는다. 독특하게. 어떤 슬픔이 모든 한을 대변할 때처럼.

자흐라, 레일라, 안느, 피로제. 다 같이 여기 모였다. 다들 한 시간 이내 거리에 있다가 득달같이 달려왔다. 내가 아직 눈을 뜨지도 못할 때 다들 여기 와 있었다. 바구니에 담긴 메모들이 생각난다. 외로움에 대한 글들. 친구들에게 보여 주면서 말하고 싶다. "왜 이제야 온 거야? 왜 진작, 내가 외로움에 몸부림칠 때 와주지 않고?" 하지만 모르겠다. 동시에 그 쪽지들을 쫙쫙 찢어야 될 것 같기도 하다. 난 고독했던 적이 없었으니까. 그런가? 모르겠다. 고독이란 무엇일까? 말동무를 그리워하면서 혼자 앉아 있는 것? 아님 홀로 앉아서 죽기를 기다리는 것? 어쩌면 난 고독한 적이 없었다.

친구들이 소곤대기 시작한다. 처음에는 잘 들리지 않지만 곧 대화를 알아듣는다. 그들은 아직 아람에게 알리지 않았다. 벌떡 일어나서 한바탕 법석을 떨고 싶다. '한 가지 부탁도 못 들어주다니! 딱 하나였는데!' 하지만 마음을 억누른다. 그들에게 처음 부탁한 게 아니란 걸 안다. 너무 과한 부탁이란 것도 안다.

자흐라가 일어나서 통화를 한다. 속삭인다. 통화 상대가 아람이 아닌 걸 알 수 있다. 아니다. 다른 사람과 통화 중이다. 자기 자식에게 내 딸한테 소식을 전하라고 부탁한다. 우리 같은 겁쟁이들이 또 있을까! 혁명가들인데. 우리 중 누구도 배짱이 없다. 사람은 평생 쓸 배짱이 정해져 있나 보다. 아마도 우린 배짱 전부를 혁명의 핏빛 거리에 쏟았던 것 같다. 과연 누가 아람에게 내가 죽을 거라는 말을 전할지 궁금하다. 모르겠다. 일어나서 알아볼 엄두가 나지 않는다.

자주 서서 창밖을 내다본다. 창밖 풍경이 그림처럼 아름답다. 난 처음 집에 온 손님에게 창밖을 손짓한다.

"보세요."

내가 말한다. 안 그래도 볼 수밖에 없는데.

13층에 살고, 한쪽 벽면 전체가 창이다. 밖으로 하늘만 보인다. 하늘, 또 하늘이 끝없이 펼쳐진다. 밑에는 바다가 있고, 눈으로 바다를 따라가면 수평선과 만난다. 그리고 해안에 숲이 있다. 계절을 머금은 나무들이 빽빽하다.

대부분의 사람들에게 특별할 게 없는 풍경이다. 하늘, 바다, 나무. 그들에게, 손님들에게 이게 특별한 이유를 정확히 설명해 주고 싶다. 하지만 그러려면 나로서는 힘든 시간을 보내야 한다. 이렇게 말하고 싶다. "내가 어떤 환경에서 성장했는지 알아요?" 거리를 걸을 때, 걸어서 학교에 갈 때. 모래와 돌멩이. 모래 낀 돌멩이. 상상하기 어렵겠지. 누런 모래가 신발을 뒤덮었다. 어머니는 하루에도 서너 번씩 모래를 문 밖으로 쓸어 냈다. 상상해 보기를, 모래 속에 살던 내가 지금은 하늘과 바다와 더불어 산다. 이것은 기본 요소의 변화다. 말하고 싶다. "이건 대단한 일이라고요." 엄청난 일이다. 한편 어찌 보면 서글프다. 한때 나였던 것이 사라져 버렸다. 그 자리에 다른 게 들어찼다.

하지만 그런 말을 하지 않고, 그 이유를 스스로 안다. 남들에게 사막에서 왔다는 인상을 주는 게 싫어서. 날 사막 사람으로 보는 게 싫다. 이미 날 그렇게 보는 마당에 더 이상한 이미지를 심어 주기 싫다. 지금 난 모래 얘기를 하는 중이다, 사막이 아니라. 모래와 사막은 다르지만 사람들은 이해하지 못할 것이다.

나와 관련해서 함구할 수 없는 게 하나 있다. 평소 난 조용히 있어야 될 때를 안다. 적어도 과거에는 그랬다. 그런데 마음에 있는 말을 불쑥 내뱉지 않을 수가 없다. 그러면 안 되는데. 인간으로서 그러면 안 되는데. 어미로서 안 될 일인데. 가슴 저리는 생각일랑 마음에 담고 있어야 하거늘. 그런데 그러지 못하겠다.

난 고통 속에서 혼자다. 이제 그런 결론에 이르렀다. 이 슬픔을 나눠야 될 사람은 아람이어야 한다고. 여자끼리는 동병상련을 느끼니까. 그런데 그 아이는 그러지 않는다.

내가 죽는다는 소식을 안 지 4시간하고도 45분이 지나도록 딸은 오지 않았다. 내가 죽는다는 걸 안 지 그만큼 지나도록. 아람에게 소식을 전해 준 사람이 없다는 걸 안다. 딸이 몰랐다는 사실을 나도 안다. 그래도 짜증이 난다. 맞다, 다른 사람들은 여기 와 있다. 하지만 그건 다른 얘기다. 친구들은 비통하다. 나를 그리워할 것이다. 하지만 내 딸은…, 아람은 이 일을 극복하지 못할 것이다. 우리 모녀는 그렇다. 그걸 딸과 나누고 싶다. 마지막 상태를.

여전히 실눈을 뜨고 소파에 누워 있을 때 아람이 도착한다. 다들 일어나서 아람을 맞아들인다. 딸의 목소리가 들린다. 지친 소리다. 난 딸이 소리치면서 들어오길 바란다. 악쓰고 울면서. 고통에 몸서리치면서. 하지만 아람은 그러지 않는다. 들어와서 내 친구들에게 인사하고, 지친 목소리로 말한다. 난 일어나지 않는다. 딸이 다가오게끔 난 누워 있다. 아람은 시간을 끈다. 잠시 복도에 서 있다. 질문을 던진다. 이 상황을 이해하려고 애쓴다. 딸애가 그러는 걸 난 안다. 그런데 도무지 그렇게 느껴지지 않는다. 아람이 재잘대며 서 있는 느낌이 들어서 부아가 치민다. 난 여기서 세상이 무너지는 와중인데, 딸이라는 것이 4시간 45분이 지나서야 나타나고, 와서도 엄마한테 달려오지 않는다. 멀찍이 서 있기만 한다. 몸이, 종아리와 엉덩이, 손과 얼굴이 굳는 느낌이다. 아람이 내 옆의 러그에 앉자 난 아무 말도 하지 않는다. 눈을 질끈 감는다.

"저 왔어요, 엄마."

딸이 말한다.

"네겐 엄마가 없다. 네게는 아무도 없어. 넌 고아야."

내가 대꾸한다.

아람이 "헉" 하는 소리가 들리고, 방에 있는 사람들 모두 놀란다. 내가 만들어 낸 고통이, 내가 허공에 보낸 고통이 들린다. 비통이 들린다. 아람은, 내 딸은 울고불고 통곡하는 성격이 아님을 난 잘 안다. 그래서 어떻게 딸의 몸에서 비통이 자라나 숨을 가쁘게 만드는지에 귀 기울인다. 잠시 시간이 흐른다, 몇 분쯤. 그때 아람이 일어나 자리를 벗어난다. 마음을 가누려 욕실로 간다. 늘 그렇듯이.

눈물이 차오르나 싶더니 뺨에 흐른다. 목덜미의 주름 속으로 흘러내린다. 친구들이 내가 우는 것을 보고 주위로 모여든다. 손을 잡고 머리를 쓰다듬어 준다. 모두 나를 에워싼다. 딸은 저만치 있다, 혼자서. 누가 아람에게 가보라고 부탁하고 싶지만 입이 떨어지지 않는다. 머릿속에서 아람이 익숙해져야 된다는 말이 들린다. 이미 익숙하지 않다면 이제 그럴 때가 왔다고.

아람이 시를 읽어 준다. 평소 없던 일이라 난 놀란다. 마수
드 생전에는 시를 읽어 주었던 듯하다. 어쩌면 내가 제 아버
지를 대신하기를 바라겠지. 그렇게 해 줄 수가 없다. 난 소파
에 앉고 아람은 양반다리로 옆에 앉아 있다.

"엄마, 들어보세요. '내 아버지가 말했다. : 네 것인 사람은
아무도 이 땅에 묻혀 있지 않기에 이 땅은 네 것이 아니다.'"

나는 멍하니 딸을 쳐다본다.

아람이 묻는다.

"이해되세요? '네 것인 사람은 아무도 이 땅에 묻혀 있지
않기에 이 땅은 네게 속하지 않는다.' 그런데 이제 우린 아빠
를 땅에 묻었네요."

아람은 내 침묵을 지켜보면서 도움이 될까 싶어 그걸 메
운다.

"어느 페르시아 여자가 쓴 시예요."

허무맹랑한 소리라고 쏘아붙이고 싶다. 무엇보다 먼저 땅은 누구의 것도 아니다. 그건 애국을 강조하는 헛소리일 따름이다. 누구도 어떤 땅도 소유하지 않는다. 난 생각한다. '네 아버지는 화장됐어. 땅 속에 남은 것은 유골단지에 불과해. 그는 스웨덴 땅의 일부가 아니야.' 난 그런 말을 쏘아 대는 사람이다. 그래서 그 말을 한다. 내가 내뱉는 말이 내 귀에도 들린다. 당장 후회한다. 딸의 가슴에 고통이 차오르는 게 빤히 보인다, 목이 굵어지는 게 보인다.

아람은 의미를 찾으려 한다. 당연히 그렇다. 이 혼돈 속에서 모든 걸 정리해 결론을 낼 방법을 궁리한다. 난 사과하고 싶지만 그러지 않는다. 내가 말한다.

"그렇다면 내가 간 후에는 어떻게 되겠니? 네가 여기 양친을 묻으면 어떻게 될까? 나라에서 훈장을 주니? 스웨덴 국민답다는 훈장이라도?"

아람이 일어나서 주방으로 간다. 수도를 틀고 마실 물을 받는 척하겠지. 딸에게 가봐야겠지만 그러지 않는다. 리모컨을 들고 채널을 바꾼다. 한참 지나서야 아람이 돌아온다. 말이 별로 없다. 얼마 후 입을 연다.

"이제 집에 가볼게요."

나는 짜증스럽게 딸을 쳐다본다.

"방금 왔으면서."

"여기 네 시간이나 있었어요, 엄마. 이제 가봐야 돼요."

난 딸이 가는 게 싫다.

"이렇게 얼른 가려면 성가시게 올 것 없다."

나도 모르게 말한다.

아람이 고개를 끄덕인다. 집을 나선다. 난 딸을 붙잡지 못한다. 그러지 못한 지 오래되었다.

집중해서 살면 인생을 더 빨리 써버릴 수 있을까?

항상 웃음소리가 요란하다는 말을 들었다. 모든 웃음이, 너무 요란한 웃음 전부가 수명을 단축시킨다고 상상해 보자. 평생의 호흡수가 정해져 있는데, 너무 요란하게 웃고 말하고 숨 가쁘게 춤출 때 호흡이 더 급속도로 줄어든다면 어쩐다? 구호를 외치고 군대와 경비병들을 피해 도망칠 때도. 헉, 헉, 헐떡헐떡. 이 모든 게 쓱쓱 빠져나간다면. 궁금하다.

화학요법 치료를 시작했다. 시작까지 석 달이 걸렸다. 부활절이 끼어서.

"지난 3개월간 암이 얼마나 많이 번졌죠?"

나는 전문의인 크리스티나를 잔뜩 노려본다. 내 눈빛은 이렇게 말한다. '내가 죽으면 당신 책임이야. 당신과 당신이 기다리게 한 시간 탓이라고.'

크리스티나는 처음에는 아무 대꾸도 하지 않는다. 내 질문을 이해하려고 애쓰고 있다. 여의사는 종양 전문의이자 부인과 의사다. 내 암은 난소에서 시작되었다. 암이 불붙은 곳은 여성적인 부위이자 생식기였다. 아이러니한 일이었다. 처음 크리스티나를 만났을 때, 난 여자라는 이유로 이런 큰 벌을 받는 게 아이러니가 아니냐고 말했다. 그때도 그녀는 날 이렇게 쳐다보았다. 말없이. 의아해하면서.

크리스티나가 말한다.

"기다리기 힘들다는 거 압니다. 하지만 저희도 최선을 다합니다."

"3개월 전에 최선을 다할 수도 있었겠죠! 그러면 난 기회가 있었을 거예요."

그녀가 서류를 내려다본다.

"이제 환자분을 입원시킬 거예요, 며칠간."

의사는 그 말만 한다.

아람이 연신 질문하는 소리가 들린다. 난 물어볼 생각도 못 했던 내용을 물어 댄다. 조사를 해왔다. 내가 팔을 뻗어 아람의 손을 잡는다. 아람은 조사하는 타입이다.

"의사신가요?"

크리스티나가 아람에게 묻는다.

"아뇨. 아니에요. 이분은 제 어머니세요."

아람이 대답한다.

그 목소리가 갈라지자, 의사가 머뭇대는 걸 난 알아차린다.

아무튼 내가 알아듣기에 암이 훨씬 더 퍼졌다. 의사는 종양이 신체기능을 차단할 경우를 대비해 날 모니터하려고 한다. 딸과 의사는 내가 옆에 없는 것처럼 나에 대해 대화한다. 난 듣는 걸 관둔다. 아람이 대신 말하게 둔다.

마침내 대화가 끝나자 우린 작은 진료실을 나선다. 병상이 준비되어 있어서 난 침대에 걸터앉는다. 환자복과 거뭇거뭇한 침대보를 물끄러미 본다. 파란 담요. 아람은 여전히 내 손을 잡고 있다.

"여길 아늑하게 꾸미자고요, 엄마."

아람은 나를 병실에 두고 주스와 신문을 사러 나가고, 난 움직이지 않는다. 딸이 자리를 비운 동안 미동도 하지 않는다.

아람이 급히 헐레벌떡 돌아온다. 봉투 두 개를 바닥에 내려놓는다. 그러고 나서 뛰다시피 몇 걸음 다가와 날 끌어안는다. 힘껏, 힘주어 안는다. 나는 양팔을 늘어뜨린 채 침대에 앉아 아람이 포옹하게 내버려둔다. 딸의 품에 안겨 있다. 아람은 오래 안아 준다. 내 몸을 가만히 흔든다. 뺨에 전해지는 딸의 심장박동을 느끼면서 그 심장을 내가 만들었다고 생각한다. 그 심장은 한때 내 안에서 뛰었고, 지금은 내 몸에 닿아 뛰고 있고, 곧 나 없이 뛰겠지. 곧 내 심장은 소리 없이 이지러지고, 딸의 심장은 내 리듬을 간직한 채 계속 뛰리라. 딸의 심장박동 어딘가에 내가 남아 있겠지. 그 생각이 위안을 줄 것 같지만 아니다. 내가 원하는 건 내 심장박동이지 타인의 몸속에서, 타인의 기억 속에서 한낱 그림자로 존재하고 싶지 않다.

양손을 들어 딸을 밀어낸다, 매몰차게 밀어낸다. 아람이 비척대다가 자빠질 뻔한다. 겁먹은 아이 같다. 느닷없이 둥지에서 쫓겨나 길 잃은 아기 새 같다. 내 눈빛에서 딸은 아무것도 읽지 못한다. 난 허깨비다. 결국 아람이 몸을 돌려서 봉투를 뒤적인다. 테이블을 마련한다. 주스 병. 잡지. 잡지마다 사진만, 파파라치 컷 사진만 있다. 아람은 내가 글자를 읽을 기운이 없는 걸 안다. 웨더스 오리지널(캐러멜 맛이 나는 사탕의 제품명_역주) 한 봉지를 플라스틱 컵에 담는다. 사탕을 보니, 먼 시절 먼 곳에서 보낸 어린 시절이 떠오른다. 그때 아람은 작은 하얀 토끼를 들어 올린다. 귀가 보드랍다.

"혹시나 해서…, 엄마가 좋아하실까 해서요."

토끼를 가슴에 안는다. 내가 털을 쓰다듬는 사이 아람은 꽃병을 꺼내 작은 세면대에서 물을 받는다. 곧 시들어버릴 꽃 다발을 꽂는다. 구내매점에서 파는 꽃다발은 늘 똑같다. "꽃이나 나나 죽어가는구나." 하고 말하고 싶다. 하지만 참는다, 잠시만이라도 참으려고 애쓴다.

아람이 말한다.

"됐네요, 이제 됐어요. 가봐야 해요, 일하러 가야 해요."

그리고 내 손을 다시 잡는다. 난 힘없이 손을 잡힌 채 가만히 앉아 있다.

"언제 다시 올 거니?"

"내일 올게요, 엄마. 그리고 오늘 밤에 전화 드릴게요."

내일. 난 벽시계를 본다. 오전 11시 27분. 말똥말똥한 정신으로 병실에 혼자 있어야 될 시간을 계산한다. 같이 있자고 부탁하고 싶지만 어떻게 그러겠는가. 가야 된다고 말하는데, 같이 있기 싫다는데. 목구멍에 덩어리가 걸려 뻐근하다. 아무도 나와 같이 있으려 하지 않는다. 딸에게 고개를 든다.

"저 흉한 꽃다발은 금방 죽을 거야. 나랑 똑같은 신세지. 네가 가져가거라."

아람은 뺨이라도 맞은 사람처럼 몸을 홱 돌린다. 물끄러미 바닥을 응시한다. 몇 초가 흐른다, 어쩌면 1분쯤. 적막감이 감돈다.

"그럼 가거라."

마침내 내가 말한다. 그리고 고개를 돌린다.

아람이 내 어깨에 한 손을 올린다. 그러더니 가버린다.

내가 태어난 날 온 집안이 실망했다. 아들 없는 집안의 여섯 번째 딸이었다. 난 부모님이 원하던 자식이 아니었다. 하지만 나보다 더 실망을 준 자식이 있었다. 6년 후 누라가 태어나자 가족 모두 낙심했다. 왜 부모님이 아들을 원했는지 정말 모르겠다. 더 보수적인 가정에서 아들은 밥을 벌어오는 존재를 의미했다. 딸은 돈을 쓰기만 하는 존재였고. 하지만 우리 집의 사정은 정반대였다. 내가 태어난 무렵 맏언니 마리암은 이미 스무 살이었고, 교사였다. 언니는 교사가 필요한 시골 마을로 이사했다. 혼자 살면서 돈을 벌었다. 번 돈을 집에 가져왔다.

곧 언니들 모두 일했다. 교사와 연구 보조원이 되었다. 그들의 급여가 집안의 수입원이었고, 우린 자매애와 자부심에 도취되어 살았다. 어머니는 집에서 손님들을 상대했다. 머리를 커트하고 염색해 주었다. 얼굴을 제모하고 실 면도를 해 주었다. 나는 어려서 기술을 배워 어머니를 거들었다. 여자 손님들이 요에 누우면 난 몸을 굽히고 앉아 통통한 애기 손가락으로 실을 잡았다.

이런 이야기를 여기 스웨덴 사람들에게 하고 싶지 않다. 여기서 삶을 보는 방식과 배치되니까. 내 딱한 언니들은 열심히 일했고, 번 돈을 어머니에게 줘야 했다. 누라와 나는 손님의 얼굴 털을 세워 미간을 실로 면도했고, 가족을 위해 일했다. 우리에게 진정한 자주성도, 진정한 유년기도 없었다고 할지 모르겠다. 하지만 난 자매들의 삶이 근사했다고 생각한다. 우리가 누렸던 자유를 상상해 보기를. 또 난 여성성과 자립의 가능성을 안고 이 여성들과 더불어 살았다. 모든 걸 동시에 누릴 수 있다고 느꼈다.

난 잠재력이 큰 젊은이였다. 지성적이었다. 야심차고. 노력파였다. 말에 씨가 있다. 말한 대로 된다.

의과대學에 들어갔다. 그게 얼마나 대단한 일이었는지 상상도 못 할 것이다. 꿈같은 일이었다. 꿈이었다. 어머니, 자매들에게는. 신문에 합격 사실이 공시된 후 다들 기특해서 며칠간 울었다.

여름이 물러갈 즈음, 언니들은 이웃 사람들을 축하 잔치에 청했다. 어머니는 달가워하지 않았다. 좋은 소식을 소문내면 안 된다고 생각했다. 어머니가 가장 겁내는 것은 사악한 눈길이었다. 심통 사나운 자들이 우리를 시샘하는 눈으로 쳐다봐서 우리 세상이 무너질까 걱정했다. 그래도 딸들을 도와 음식 장만을 해 주었다. 여덟 여자가 김이 나는 부엌에 있었다. 어머니와 일곱 딸. 그렇게 말하면 동화처럼 들린다. 어쩌면 동화였을지 모르겠다.

땀으로 이마가 번질번질한 마리암은 가지를 튀기고 몇 냄비째 고기를 조리했다. 마흐바쉬, 기타, 수흐레, 샤브남은 짧은 치마를 입고 표백한 금발을 잔뜩 부풀린 모습이었다. 일하는 독립적인 인형 같은 네 여성. 그들의 머리를 커트해서 파라 포셋(유명 드라마 〈미녀 삼총사〉에 출연한 배우_역주)처럼 드라이해 준 사람은 바로 나였다. 〈미녀 삼총사〉와 〈대부〉. 강인함과 연약함. 구출하고 구출 받는 것. 어떤 현실에서도 존재하지 않는 일들. 자매들은 주방 바닥에 다리를 뻗고 앉아 야채를 씻었고, 어머니는 딸들의 긴 맨 다리를 노려보다가 결국 담요를 덮어 주었다. 딸들이 맨살을 드러내는 게 못마땅했다, 과시하는 게. 어머니는 우리가 이목을 끄는 걸 싫어했다.

그리고 누라. 막 열두 살이 된 막둥이. 누라가 땋은 머리를 펄럭대며 우리 사이를 누비면서 떠들었다. 아이고, 어찌나 쉴 새 없이 재잘댔는지.

"왜 후세인 아저씨랑 아들들을 초대하면 안 되는지 모르겠다니까."

"초대하지 못한다, 누라."

어머니가 대답했다.

"하지만 이유를 모르겠다니까요? 옛날부터 아는 사이인데. 그 가족이 화내지 않겠어요?"

"그들은 오기 싫을 거야, 누라."

"그걸 어떻게 알아요, 초대해 봤어요?"

이런 상황이 되면, 어머니가 맥빠지는 걸 알아챈 마리암이 나서기 마련이었다. 늘 그게 맏이 역할이었다. 주의를 돌리고, 보호하고 떠맡고.

"누라, 그 가족은 창피해서 오기 꺼리는 거야."

"그런데 왜 창피해?"

"왜냐면 무스타파가 찾아와 나히드에게 구애했다가 퇴짜 맞았거든. 기억나지? 남자에게 그런 일은 쉽지 않단다, 누라."

"하지만 그건 무스타파가 언니를 좋아한다는 증거니까 여기 와서 축하해 주고 싶을 게 확실해."

"아니야, 누라. 확실하지 않아."

나는 마리암과 반대였다. 단신에 뻣세고, 상대가 누구든 보호하고 싶은 마음이 없었다.

"그거랑 정반대야. 그는 사내고 가진 건 자존심밖에 없어. 자기가 싫다고 말하고 성과를 낸 여자를 무스타파가 감당할 수 있겠니? 의사가 될 여자를? 그 집안에서는 아무도, 건장한 남자 여섯 중 단 한 명도 대학에 다니지 않았는데? 절반은 그나마 고등학교도 못 마쳤다고. 그 사람들은 우리를 축하해 주고 싶지 않아! 아마 앉아서 빈둥대며 우릴 마녀들과 잡년들이라고 욕할걸."

"나히드!"

나는 고개를 숙이고 입을 다물었다. 마리암이 쏘아붙이는 경우는 드물었다.

"마녀들과 잡년들!"

누라가 명랑하게 깔깔거리며 춤추면서 부엌을 돌아다녔다. 막내가 '마녀들과 잡년들'이라고 노래하자 마흐바쉬와 기타도 따라 불렀다.

누라는 엄마가 덮어 준 담요를 걷어 냈다. 새치름하게 윙크하면서 담요를 차도르처럼 머리에 뒤집어썼다.

"그들은 닥터 나히드를 마녀들과 잡년들이라고 불렀대요. 우린 마녀들과 잡년들."

나와 마리암은 눈을 맞추고 깔깔대기 시작했다. 곧 모두 일어나서, 누군가 걸어둔 음반에서 나오는 노래를 따라 부르면서 춤추었다. 손에 상추와 식칼을 들고서. 마녀들과 잡년들은 팝 아이콘인 하예데(세기의 목소리로 꼽힌 이란의 여가수_역주)에 홀딱 반했다.

그때의 몇 년 후가 기억난다. 우리도, 가수 하예데도 도피하고 오래 지나서였다. 마수드는 신문에서 그녀의 사망 소식을 보고 눈을 떼지 못했다. 그저 세 마디만 중얼댔다.

"잡년이 하나 줄었군."

그 잔치를 떠올리면 상실감이 훨씬 깊이 파고든다. 정말 완벽했다. 언니들과 어머니는 몇날 며칠 음식을 장만했다. 숙부가 마당에 등을 주르르 걸었다. 그리고 악사 친구 몇 명도 초청했다. 비단결 같은 목소리를 가진 가수, 톰박(작은 북처럼 생긴 페르시아의 타악기_역주)을 연주하는 노인과 시타르(목이 긴 발현 악기_역주)를 든 아들. 이웃들과 친척들이 대문으로 밀려들었다. 다들 멋진 장래를 흥분하며 휘파람 불고 환호했다. 후세인 아저씨까지 찾아왔다. 그는 문간에 서서 모자를 벗어 가슴에 대고 기다렸다. 내가 조심스럽게 다가가자 아저씨는 헛기침을 했다.

"축하한다."

그가 작은 선물을 내밀면서 말했다.

나는 그에게 달려들어 뺨에 입맞추었다. 그의 존재가 내 앞길의 모든 소망을 확인해 주는 것 같았다. 전부 잘 될 거라고, 내가 염려하는 어떤 일도 생기지 않을 거라고. 후세인은 다른 말없이 몸을 돌려 떠났지만 그건 중요하지 않았다. 나는 그가 자기 집에 들어갈 때까지 바라보다가 다시 자매들에게 달려갔다. 아이처럼 펄쩍펄쩍 뛰었다.

악사들은 신청곡을 노래하고 연주했고, 우린 번갈아 기대에 찬 눈빛으로 그들에게 달려가 다음 노래를 부탁했다. 다들 춤을 추었다. 아무도 음식에 손도 대지 않았을 것이다. 춤추고 노래했다. 암울한 기미라곤 없었다. 그림자 따윈 없었다. 환희만 있을 뿐. 어머니는 딸 하나를 의과대학에 보내게 되었다. 홀몸으로 일곱 딸을 키운 분이다. 어머니는 저만치 떨어져 있었지만 마침내 누라가 부엌에 뛰어가서 모시고 나왔다. 우리가 양팔을 잡아당기자 어머니는 웃으면서 딸들 틈으로 들어오더니, 어깨 너머로 행주를 던지고 덩실덩실 춤추었다. 어머니는 춤추고 노래했고, 노래가 끝나자 내게 다가와 투박한 손으로 내 얼굴을 감쌌다. 오랜 세월 미용 일을 하느라 앙상하고 굳은살 박인 손이었다. 어머니가 이마에 입맞추었다. 오래도록 힘껏. 누라가 휘파람을 불었고, 나는 차오르는 눈물을 감추려고 눈을 감았다. 어머니는 물러났다. 나는 저녁 내내 집 안에 머물렀지만 그래도 괜찮았다. 어머니에게 뜻있는 효도를 한 걸 알고 있었다.

그날 밤 그가 거기 있었다. 우리 가족이 처음 보는 사람이었다. 솔타니 가족이 데려왔다. 대학에서 공부하려고 상경한

청년이라고 했다. 솔타니 가족은 그를 데려오는 걸 좋은 일로 여겼다. 다른 학생들과 어울리고 싶으리라 짐작하면서. 처음에 난 그를 눈여겨보지 않았다. 누라가 어떤 남자와 오래 이야기하는 것만 의식했다. 그는 누라의 농담에 껄껄 웃고, 누라의 엉뚱한 생각과 견해를 잘 들어주었다. 늦은 저녁 굽 높은 구두를 벗어 옆에 놓고 계단에 앉아 아픈 발을 문지르는데, 누라가 그를 끌고 왔다. 그제야 난 그를 제대로 봤다.

"나히드예요. 언니, 이분은 마수드야! 농업을 공부할 예정이야. 아버지가 농부시지! 뭘 키우시더라? 아, 맞다, 벌레! 누에벌레! 그게 실을 자아내고 그 실로 카펫을 만들고…, 아주 중요한 일이야! 이란의 자랑이지. 상상이 돼?"

마수드는 웃었다. 껄껄대는 따스한 웃음이었다. 부끄러워하거나 입 속으로 웅웅대는 웃음이 아니라 뱃속 깊숙이 터지는 진짜배기 웃음.

"아버지에게는 중요한 일이지만 이란의 자랑까진 아니고요. 우리에게 자랑거리가 남아 있는지 모르겠네요."

그 말을 듣고 난 고개를 들었다. 눈이 마주쳤을 때 그의 눈빛은 환영하면서도 저돌적이었다.

"난 '우리가' 이란의 자랑인 줄 알았는데요. 이란의 미인들이."

난 이런 말을 부끄러운 줄 모르고 읊어 댔다. 추파를 던지는 게 일상사인 듯이. 그게 아닌데도. 그래본 적도 없으면서. 동생이 놀리지 않기를, 그냥 넘어가주기를 바랐던 기억이 난다.

마수드는 내 옆에 앉았다. 치아를 다 드러내며 미소 지었다.

"당신은 우리의 자랑이 아니라 우리의 심장입니다."

누라가 휘파람을 불었다.

"돈 후안이네. 경계경보, 돈 후안이다!"

누라가 달려가자 우린 그대로 앉아 있었다. 내게 할 말이 그리 많았는 줄 미처 몰랐다. 머릿속에서 그 많은 게 돌아가고 있었다니. 하지만 마수드는 아는 것 같았다, 정확히 아는 듯했다.

우리는, 마수드와 나는 대화를 나누었다. 음악이 그치고 등이 꺼진 후에도 대화했다. 친구들과 이웃들이 다가와 내 뺨에 입맞추고 마지막으로 축하 인사를 건넬 때도 우린 대화했다. 계단에 앉아서 그 첫날밤이 깊도록 대화했다. 이따금 마리암이 커튼 사이로 우리를 내다봤다.

마수드는 생각이 많았고, 난 처음 듣는 급진적인 사상이었다. 우리를 운명에 가두는 낡은 체제를 전복시키는 것과 관련된 생각들. 그는 인민과 인민의 먹을 권리에 대해 말했다. 정의가 잔치라도 되는 듯이, 정의를 만드는 게 우리 몫인 듯 이야기했다.

해 뜰 무렵 그는 등을 기대고 양팔로 머리를 받치고 눈을 감았다. 이마를 덮은 금발 곱슬머리가 아침 햇살 속에서 금빛으로 빛났다. 그를 바라보면서 난 전혀 고단하지 않았다. 그 느낌이 아주 생생하게 기억난다. 밤을 꼴딱 새운 기분, 발이 부르트도록 춤추고 노래하고, 목구멍이 말라서 갈라지도록 대화했지만 아직 성이 차지 않는 기분. 오히려 더 하고 싶었다. 그 허기.

그게 인생이라는 생각이 든다. 허기진 것. 이제 밤샘을 할 만한 일을 떠올려 보려고 노력한다. 아무것도 떠오르지 않는다, 단 한 가지도. 이제 내가 배가 부른가? 궁금하다. 어쩌면 암이 나를 찾아온 것도 그 때문이다.

며칠 후 저녁, 마수드가 다시 찾아왔다. 나는 부엌에서 전에 아버지가 누웠던 자리에 앉아 재봉틀로 치맛단을 박았다. 옆에서 라디오가 쿵쾅댔고 난 음악에 맞춰 몸을 흔들었다. 축하 잔치에서 맛본 감정이 여전히 고스란히 마음에 남아 있었다.

대학 개강까지 얼마 안 남았고, 난 대학을 크게 신뢰했다. 생각 깊은 이들이 모일 때 일어날 만한 일들을 기대했다. 순진하게도 가장 큰 걱정거리는 치마 길이였다. 그게 맨 먼저 떠오른 생각이었다. 치마가 더 짧아야 했다. 자유로운 다리를 가진 자유로운 여성이어야 했다.

갑자기 누라가 뛰어 들어와 내 옆 바닥에 주저앉았다. 두꺼운 안경 너머로 눈이 반짝였고, 손에는 큼직한 꽃다발을 들고 있었다.

"그 사람이 집에 찾아왔어, 다시 왔다고! 그 사람이 언니를 보러 왔어, 나히드!"

나는 동생에게 라디오 볼륨을 낮추라고 손짓했다.

"누군데? 누라, 누가 여기 왔는데?"

"누군데? 무슨 말을 하는 거야, 누구라니? 계속 그 사람을 생각하지 않은 것처럼 말하네. 당연히 마수드지, 그가 또 왔어. 언니를 사랑하는 거야, 나히드. 확실하다고. 으이구, 누가 그걸 믿을 수 있을까? 누군가 언니를 사랑하다니! 의사인데 사랑받네. 기분이 어때, 나히드?"

나는 웃으면서 동생을 끌어당겼다. 이마에 입맞추었다.

"난 널 사랑해, 꼬맹아. 그거 알아? 사랑받는 사람은 바로 너야."

누라가 몸을 뺐다. 늘 성격이 급했다.

"그 사람이 언니를 기다리고 있어, 나히드. 밖에 서서 기다려. 집에 들어와서 폐를 끼치기 싫대. 하지만 꽃다발은 내 거야! 언니한테 주는 게 아니라고. 내가 두 사람을 소개시켜서 받은 거야."

누라가 꽃다발에 얼굴을 묻고 숨을 깊이 쉬었다.

"꽃에서 사랑 냄새가 나네!"

나는 일어나서 그에게 갔다.

입학하는 날, 짧은 치마를 입고 굽슬굽슬하게 드라이한 머리를 어깨에 늘어뜨리고 학교에 도착했다. 빌려 입은 기타 언니의 매끄러운 실크 블라우스는 가슴에 리본이 있었다. 어딘가 그 사진이 있다. 정문에 들어가기 직전에 어머니랑 나란히 서서 찍은 사진. 나보다 머리 하나가 작은 어머니가 환하게 웃고 있다. 어머니의 미소는 좀처럼 보기 어려웠다. 난 아이같이 장난스러운 표정을 짓고 있다. 촬영한 사람은 누라였을 것이다.

그 순간 내가 우쭐했다는 걸 안다. 우쭐하고 행복했다. 내가 누리는 것에 만족해야 했는데. 더 욕심내면 안 됐는데. 그런데 그러고 말았다.

첫날부터 확연히 파벌이 있었다. 많은 사람들이 삼삼오오 모여 나직하게 대화했지만, 벌써 손 팻말을 든 사람들도 있었다. 그들의 구호 소리가 냄비에서 팝콘 튀듯 터졌다. 여기서 한 명, 저기서 한 명. 계속은 아니고 자주는 아니었지만 분명히 들렸다. 그런 소리가 더 들릴 게 확실했다. 내가 바인더를 가슴에 안고 걸을 때, 나무 구두굽이 모자이크 바닥에 닿아 또각또각 소리가 났다. 이거다 싶은 느낌이 들지 않았다. 아주 자유롭지가 않았다. 모인 여학생들은 차림새가 남자 같았다. 나팔바지와 단추가 달린 셔츠를 입고 맨 얼굴에 땋은 머리였다. 그들은 자유롭게, 자연스럽게 움직였다. 빛이 났다. 아주 대단한 사상을 원하기에 스스로 빛나는 것 같았다.

구내식당에서 마수드와 만나기로 약속을 했고, 내가 먼저 그를 보았다. 마수드는 벽에 기대서 담배를 물고 활기찬 몸짓을 했다. 사람들에 둘러싸여 있었다. 그런 무리 중 하나였다. 난 얼어붙었고, 갑자기 심한 수치심에 짓눌렸다. 맨 다리와 자유롭게 보이려고 꾸민 차림새가 창피했다. 내가 자유에 대해 뭘 알았을까? 그냥 가려고 몸을 돌리려는 순간 마수드가 날 보았다. 눈이 마주쳤고, 그는 말을 하다가 멈추었다. 그런 걸 어떻게 설명해야 될지 모르겠다. 돌이켜 보면 내 순진함이 못마땅하다. 하지만 그 순간 나를 본 마수드의 얼굴이 환해졌다. 생명 자체가 밝아진 것 같았다. 그의 얼굴이 기쁨과 감탄으로 빛났고, 그가 쳐다볼수록 내 불안정한 기분은 사라졌다. 뭘 입었든, 어떤 의구심을 느끼든 상관없었다. 난 마수드가 본연의 나를 봤다고 느꼈다. 그는 내가 뭘 원하는지 알았다. 그걸 얻게 마수드가 도와줄 것 같았다. 그가 내 자유와 강인함을 바라는 것 같았다. 아니 나보다 더 간절히 원할 것 같았다.

몇 주 후 따뜻한 봄날 저녁, 늦게까지 도서관에 앉아 책을 봤다. 평소에는 수업이 끝나면 집에 달려가서 어머니를 도왔지만, 대학에서 내게 무슨 일인가 일어나고 있었다. 나 자신으로, 독자적인 인간으로 느끼기 시작했던 듯하다. 타인과의 관계를 초월해서 존재한다고 느꼈다. 전혀 새로운 관점이었고, 오래 지속되지는 않았다.

집에 갈 때 버스를 타지 않고 걸어서 도심을 지났다. 사랑에 빠진 젊은이들이 보였다. 공원 벤치에서 한 커플이 소곤댔다. 아이스크림 노점 앞에서 큰 소리로 싸우는 연인들도 있었다. 나랑은 무관한 일이었다. 그래본 적이 없었다. 난 누구의 아내가 되고 싶지 않았다. 남을 뒷바라지하는 데 내 인생을 바치고 싶지 않았다. 절대 어머니처럼 살고 싶지 않았다. 하지만 사랑을 생각하지 않을 수는 없었다. 마수드를. 그와 있고 싶지만 종속되고 싶지 않았다. 그런데 마음대로 되는 게 아니다. 그렇게 된 적이 없다.

마침내 대문을 여니 불빛이 없었다. 가족들이, 어머니와 누라가 잔다고 짐작했다. 하지만 작은 안뜰을 지나서 현관문을 여니 주방에서 노래가 들렸다. 라디오 소리로 짐작하면서 재킷을 벗고 복도에 책을 내려놓았다. 그런데 목소리가 누군가를 연상시켰고, 다른 소리도 들렸다. 물 흐르는 소리. 살금살금 주방으로 가서 먼저 어머니를 보았다. 평소 앉는 의자에 앉아 눈을 감고 양손으로 찻잔을 쥐고 있었다. 어머니가 가만히 몸을 앞뒤로 흔들며 노랫가락에 장단을 맞추었다. 난 주방에 발을 들여놓다가 마수드의 등을 보고 화들짝 놀랐다. 그가 소매를 둘둘 말고 개수대에 서서, 유연한 손놀림으로 설거지를 하면서 노래를 불렀다.

두 사람은 내가 들어간 줄 몰랐고, 나는 평온한 분위기를 방해하기 싫어서 그냥 나왔다. 두 사람을 두고 내 방으로 가니, 누라가 옆 침대에서 곤히 잤다. 주방에서 들리는 부드러운 노래 소리에 귀를 기울였다. 눈물이 차올랐던 기억이 난다. 그의 존재가 내게 처음으로 안정감을 주었다.

어느 금요일 동틀 무렵, 마수드가 우리 집 문을 가볍게 두드렸다. 내가 뛰어나갔다. 난 치마와 블라우스는 모두 옷장 안쪽에 넣어 두었다. 대신 나팔바지와 누라의 체크무늬 교복 셔츠를 입고, 편한 신발을 신었다. 화장기 없는 얼굴로 마수드의 포옹을 받자 몸이 좀 굳었다. 알몸으로 선 기분이었고, 짧은 치마를 입은 것보다 노출이 심한 느낌이었다. 하지만 그것은 변할 터였다. 곧 나 자신을 얼굴이 아니라 생각과 사상 덩어리로 보게 될 터였다. 또 화장보다 그것들이 날 지켜 주었다.

우린 회합에 참석하려고 산으로 향했다. 입학 당일, 마수드와 있던 사람들이 우리 그룹이었다. 경찰과 군대를 피해서 가야 했고, 웅장한 산이 우리를 폭 안아 주었다.

마수드의 차를 타고 도시를 빠져나가 의심을 사지 않도록 회합 장소에서 멀리 주차했다. 거기서부터 걸었다. 기운이 나고 원기가 생겼다. 저항의식도 키워졌다. 마법 같았다. 해가 지평선에 낮게 걸려 타올랐다. 공기가 청량하고 여전히 서늘했다. 온몸에 아드레날린이 솟구쳤다. 발이 꾸준히 바닥에 닿고 꾸준히 우리를 앞으로 밀어냈다. 그 독특한 발소리. 탁탁 걷는 소리. 후다닥 뛰는 소리. 뚜벅뚜벅 힘들여 나가는 소리.

회합 장소에 도착하자 마수드는 입으로 소리를 내기 시작했다. 우리가 거기 있다는 신호였다. 미행당하지 않았다는 뜻이었다. 그러자 대답이 들렸다. 주변이 정리되었다는 답이었다.

그들이 우리를 기다렸다. 사베르, 로즈베, 알리, 소라야. 가명을 사용하기 전이었고, 지하에 숨어 살기 시작하기 이전이었다. 그 시절은 이후와 분위기가 사뭇 달랐다. 서로 뺨에 따뜻하게 입맞추고 흥분된 목소리로 인사했다. 알리가 차를 준비했고, 리더인 사베르가 회의를 시작했다. 그는 몸을 숙여한 발을 바위에 올리고 양팔을 허벅지에 기대고 섰다. 그 모습이 내 뱃속에서 나비들이 날갯짓을 하게 만들었다. 사베르는 셔츠 소매를 말아 올리고 얇은 조끼에 큼직한 구두 차림이었다. 등 뒤로 산봉우리들이 뾰족뾰족 솟아 있었다. 햇살을 받아 봉우리들이 노랗게 빛났고, 아주 힘차게 보였다. 우리 스스로 산맥의 일부로 여겼던 것 같다. 그만큼 힘차다고 생각했다. 그만큼 든든하고. 영원하고. 바위 같은 사람들.

정치 이야기를 마치자 로즈베가 시타르를 들고 연주하기

시작했다. 앉은 자리에서 여러 그룹의 수백 명이 보였다. 곳곳에서 음악 소리가 흘러나왔다. 하모니카, 노래. 마수드는 따라서 휘파람을 불었고, 소라야는 노래했다.

"이제 겨울이 끝나고 봄이 피어나네."

그 첫 소절 뒤부터 나도 같이 불렀다.

"붉은 태양 꽃이 돌아오고 밤은 끝났네."

우린 부츠와 베레모 차림으로, 땋은 머리와 민낯으로 거기 앉아 있었다.

"우리 가슴속에 별들의 숲이 있었지."

우린 그렇게 시작했다.

혁명이 우리 위로 유성우처럼 쏟아졌다. 우리가 혁명의 일부임을, 혁명가들임을 깨달은 건 언제였을까. 확실히 모르겠다. 물론 일원이 되고 싶었다. 하지만 모든 일은 아이들 꿈처럼 시작되었다. 우주인, 영화배우, 대통령이 될 꿈을 꾸는 아이들처럼.

처음 사베르를 만났을 때 그는 졸업을 앞둔 공학도였다. 사자 같은 사람이었다. 정말 잘 생긴 얼굴. 정말 듬직한 체구. 정말 강한 힘. 사베르가 앞에서 걸어가면 출렁이는 등 근육이 똑똑히 보였다. 누구나 그에게 반했다, 남학생 여학생 가릴 것 없이. 살면서 그런 사람을 만나기 어렵다. 난 그런 기회를 얻었으니 고마운 일이지. 그런데 사베르를 만난 게 후회된다. 마수드를 만난 것도 후회된다. 짧은 스커트 차림으로 캠퍼스를 활보하면서 살았으면 좋았을 텐데.

이제 생각하면 우린 바보들이었다. 모든 걸 갖고 있었다.

바랄 수 있는 걸 다 가진 사람들이었다. 우리나라에서 거부들보다도 많이 가진 게 우리였다. 여러 면에서 진짜 부유했다. 우리 손으로 세울 미래가 있었으니까. 사베르가 잘 차려입고 어여쁜 아내와 집을 장만하고, 자식을 키우고 자가용을 굴리고, 위스키를 마시는 사람이 되는 걸로 만족했으면 좋았을 것을. 그런데 아니었다. 우린 원칙을 세웠다. 진정한 자유를 원했다. 자신을 위해서기도 했지만 그보다 다른 사람들을 위해 자유를 원했다. 그게 매혹적이고, 그게 아름다웠다. 우리 어깨에 정의의 무게를 짊어지는 것. 정의를 위한 군사가되는 것.

그게 우리 손에 달렸다고 생각했다! 우리가 구현할 수 있는 일이라고 믿었다. 순진하고 어리석은 어린 아이들이었다. 하지만 내 평생 한 일들 가운데 가장 좋은 일이었다. 이따금 그게 내 삶이었으면 하며 바란다. 그 후 닥친 일…, 그걸 겪지 않을 수 있었으면 얼마나 좋았을까.

그날 해 뜨기 오래전, 누라와 나는 살그머니 침대에서 빠져나왔다. 우린 소름 돋는 기대감 속에서 옷을 입었다. 어머니는 우리 기척을 듣지 못했다. 한순간 어머니를 깨워야 된다고 생각했던 기억이 난다. 이번에는 누라가 같이 간다고 말씀드려야 될 것 같았다. 하지만 그러지 않았다. 어머니가 반대해서 누라가 실망할까 걱정되었다. 그냥 주무시게 두고 우린 마수드를 만나러 나갔다. 그가 마당에서 기다렸다.

　돌이켜 보면 이게 몇 년 후의 일이라는 걸 알지만, 모든 게 하나의 움직임으로 느껴진다. 권력 이양이 이루어졌지만 우린 만족하지 않았다. 시위대를 조용히 시키려고 대학들을 폐쇄했다. 하지만 우린 계속했다. 회합도, 시위도 계속했다.

　왜 내가 누라의 동행을 허락했는지 모르겠다. 지금도 그 이유가 이해되지 않는다. 누라가 정말 간절히 원했다. 오래전부터 졸라 댔다. 누라는 우리의 대화에 무척 흥분했다. 우리끼리 주고받는 감정에 들떴다. 오가는 동지들에, 속삼임과 와자지껄한 웃음소리에.

"나도 언니 못지않게 투쟁한다고."

누라가 말하자 마수드가 웃음을 터뜨렸다. 우린 그 말에 토를 달지 못했다. 우리 꼬맹이 누라. 열네 살짜리 여성 투사.

우린 누라의 손을 잡고 어둠 속으로 나갔다. 다리 밑에서 나머지 조직원들과 합류했다. 사베르가 누라에게 고개를 끄덕였다. 무언의 몸짓이 누라를 몇 센티미터쯤 자라게 했다. 그가 따라오라고 손짓하자 우린 지시에 따랐다. 사베르가 모르는 집 대문 앞에서 멈추더니 마수드와 내게 들어가라고 손짓했다. 나머지는 밖에 남아 망을 봤다. 우리는 어두운 지하실로 들어갔다. 눈이 적응하느라 몇 초 걸렸고, 내가 손을 더듬어 마수드의 손을 찾았던 기억이 난다. 둘이 손을 꼭 잡았다. 뜨거운 등사기 앞에 앉은 여자가 일어나서 다가왔다. 그녀는 한 마디 말도 없이 물건이 담긴 마대 자루를 사베르에게 건네주었다.

거리로 나와 막 인쇄된 전단지를 나누었고, 사베르는 각자 전단지를 돌릴 구역을 지적했다. 이 무렵 우리가 노련한 줄 알았다. 이미 수없이 해 본 일이었다. 시내를 돌면서 집집마다 문 밑에 전단지를 밀어 넣는 일. 그런 식으로 우리의 메시지를 전파했다. 대중을 부추기고 선동했다. 어구 선택에 시간과 공을 들였지만 전단지에 적힌 구절은 늘 기본적으로 똑

같았다.

저항.

투쟁.

정의.

평등.

자유.

사베르가 누라에게 따로 전단지 뭉치를 주었다. 나는 동생 혼자 보내지 않았다.

"그걸 나한테 줘!"

누라가 항의했다.

"나히드! 나도 하고 싶어, 나히드. 이건 내꺼야."

"너는 나랑 가면 돼. 그걸로 충분해."

나는 누라 손에서 전단지 뭉치를 빼앗았고, 둘의 눈이 마주쳤다. 동생은 뭘 훔쳐가는 사람 보듯 쳐다봤다. 경험. 영화관 밤마실이나 새 구두 같은 것을.

"누라, 이건 심각한 일이야! 넌 나를 따라와."

누라가 전단지를 돌려받으려고 손을 뻗었지만 마수드가 막아섰다. 그가 양손으로 누라의 어깨를 잡았다. 그리고 아버지 같은 눈길로 누라를 바라보았다. 난 동생에게 그런 눈길이 필요하다는 걸 알고 있었다.

"우린 널 무척이나 사랑해."

마수드가 말했다. 누라가 양팔을 내렸다. 단념했다.

마수드가 날 보고 싱긋 웃었고, 누라와 나는 걸음을 옮겼다. 그런 유인물을 소지했다가 발각되면 사형을 당할 터였다. 그걸 알았지만 그 사실이 우릴 막지 못했다. 하지만 누라는, 누라에게 그걸 겪게 할 순 없었다.

아침 내내 누라는 나보다 몇 걸음 뒤에서 걸었고, 난 거기서 용기를 얻었다. 동생이 거기 있는 것. 누라의 용기가 기특했다. 가끔 누라는 상황을 잊어버렸다. 폴짝폴짝 뛰거나 노래를 불렀고, 그러면 난 웃음을 터뜨릴 수밖에 없었다. 하지만 대개는 조심스럽게 움직였다. 누군가 다가오면 잔뜩 웅크리고 욕설을 중얼댔다. 좁은 뒷골목에 숨기도 했다. 누라의 눈이 반짝였다. 동생은 이 일을 좋아했고 이해가 됐다. 재미있었다. 스릴 넘쳤다. 겁났지만 귀신 나오는 집이 무서운 것과 비슷했다. 또 우린 서로 의지했다.

배당 받은 유인물을 다 배부하고 우린 마수드, 로즈베와 만났다. 지붕들 위로 해가 떠오르기 시작하자 나란히 길을 걸었다. 길 가운데를 걸어 내려갔다. 그 무엇도 우릴 건드리지 못할 것 같았다. 태양빛이 우리에게 쏟아졌다. 우리를 지켜보았다.

"이게 자유구나."

누라가 말했다. 진지하게 중얼댔고, 나는 안에서 생명이 넘실대는 느낌을 맛보았다. 마수드가 베레모를 벗어 누라에게 씌웠다. 그가 웃음을 터뜨렸다. 그는 누라에게 팔을 두르고 꼭 끌어안았다.

누라는 열넷, 난 열여덟 살이었다. 그 나이의 자매들은 같이 무슨 일을 하는지 궁금하다. 무슨 대화를 나누는지. 내 머리가 텅 비어서 모르겠다. 내가 동생과 무슨 일을 했는지 알고, 대단한 일이었다는 것도 안다. 꿈결 같았다. 그 일이 꿈처럼 내 안에 살아 있다.

우린 대학교를 향해 나란히 걸었다. 학교에서 시위가 열릴 예정이었다. 누라는 우리가 데려가는 걸 알아채고 뒤에서 뛰어와 내 등을 잡고 펄쩍 뛰었다.

"젠데기, 조나미 잔(Zendegi, jonami jan! 이게 인생이지, 내 사랑)!"

인생인 거지!

다 같이 깔깔댔다. 누라와 나, 나머지 일행은 누라의 아이다운 열성에 웃음을 터뜨렸다.

되돌아보면 왜 아무도 걱정하지 않았는지 의아하다. 왜 아무도 겁내지 않았는지. 왜 아무도 다른 방향으로 뛰어가지 않았는지. 집에 가지 않았는지. 숨지 않았는지.

대학 앞에 천 명, 아니 수천 명이 운집했다. 우린 인파 속으로 들어갔고 밀려서 다녔다. 마수드, 로즈베, 누라, 나. 손을 잡고 인간사슬처럼 움직였다. 그게 중요했다. 시위대를 흐트러지게 해서 퍼지게 하는 게 중요했다. 그래야 전원이 동시에 같은 위험에 노출되는 걸 막을 수 있었다. 또 우리가 모여 있는 것도 중요했다. 손을 잡고 같이 구호를 외쳤다. 쏟아지는 햇살 속에서 난 몇 차례 누라를 힐끗 보았다. 동생이 시위 군중에 겁먹었는지 궁금했다. 이걸 견딜 수 있겠는지, 집에 가고 싶은지 궁금했다. 누라는 그러지 않았다. 투쟁이 자기 몫인 양, 개인적인 일인 양 소리쳤다. 열네 살이었는데.

어느 때가 어느 때였는지 구분이 되지 않는다. 움직임이 어딘지 모르게 황홀경 같았다. 거기 얼마 동안이나 있었는지 모르겠다. 하지만 불쑥 행진이 중단됐고 앞쪽에서 비명이 터져 나왔다. 비명소리, 탕.

마수드는 로즈베의 어깨에 올라타서 앞의 상황을 파악하려고 했지만, 그 순간 군중이 몸을 돌렸다. 사람들이 혼비백산해서 우리 쪽으로 뛰어오기 시작했다. 들뜬 표정이 순식간에 사라졌다. 마수드와 로즈베가 넘어졌고, 난 누라를 그들이 있는 쪽으로 끌고 갔다. 어떻게 둘을 찾아서 일으켜 세웠는지 모르겠지만 아무튼 그랬다. 그러고 나서 다들 뛰었다, 여전히 손을 잡고서. 마수드가 빠져나갈 길을 찾으려고 애썼지만 군중이 너무 몰려 있었다. 인파를 따라갈 수밖에 없었다. 그러다 바로 앞에서 "탕" 소리가 났고, 순간적으로 모두 얼어붙었다. 그 순간 다들 깨달았다. 무기를 든 경비대가 오토바이를 타고 군중 속으로 돌진하고 있었다. 사방에 군인들이 있었다.

더 이상 방향이고, 연대고 없었다. 인파가 회오리바람처럼 움직였다. 다들 길을, 빠져나갈 틈을 찾느라 전전긍긍했다. 한참 지나서야 깨달았다. 최후가 얼마나 고약해졌는지. 얼마나 더 악화될지. 하지만 그 순간 마수드와 눈이 마주쳤고, 상상도 못 한 공포가 넘실대는 눈을 보았다. 군인들은 시위대를 죽이려고 발포했다. 나는 누라에게 몸을 돌렸다. 동생은 큰 동그란 안경 너머로 날 쳐다보면서 어리둥절해서 싱긋 웃었다. 누라는 시위가 원래 이런 줄로 알았다. 이제 우리가 어떻게 할지 궁금했겠지. 다음은 어떤 단계인지. 나는 누라에게 미소 지었다. 안심시키려고 고개를 끄덕여 주었다.

모든 일이 단번에 일어났다. 우리가 가만히 있지 않았다는 걸 안다. 하지만 그 순간이 워낙 생생해서, 내 망막과 머리와 심장에 선명하게 새겨져서 모든 게 정지된 느낌이다. 우리가 우주 한복판에서 무대에 올라 스포트라이트를 받는 것 같았다. 나는 누라에게 고개를 끄덕였다. 총소리가 나서 화들짝 놀랐다. 가까이서 들렸다. 그 정도가 아니었다. 뭔가 코앞을 지나는 기분이었다. 다시 마수드에게 고개를 돌렸다. 땋은 머리가 얼굴을 칠 정도로 황급히 고개를 돌렸다. 그 순간 손에서 기운이, 납득되지 않는 무게감이 느껴졌다. 아래를 내려다보았다. 로즈베였다. 그가 주저앉았다. 그의 무릎이 땅바닥에 부딪쳤다. 로즈베가 일그러진 얼굴로 날 올려다보았다. 내 손을 쥔 힘이 약해지면서 그가 바닥에 엎어졌다. 처음에는 무슨 상황인지 어리둥절했다. 우리가 일을 당한 줄 깨닫지 못했다. 시위대가 너무 많았다. 우린 너무 어렸다. 왜 우리에게 무슨 일이 벌어지겠어? 나는 다시 로즈베의 손을 잡으려고 몸을 굽혔다. 그를 일으키려고. 그런데 그때 마수드도 바닥에 무릎을 꿇었다. 그가 세게 주저앉아 로즈베의 몸통을 부여잡고 끌어안았다. 난 보았다. 로즈베의 흰 티셔츠에 피가 꽃송이처럼 피어나고 있었다. 가슴팍에 붉은 장미가 떠올랐다. 마수드가 하늘로 고개를 돌렸다. 그는 눈을 감고 울부짖었다. 난 거기 서서 멍하니 쳐다보기만 했던 것 같다. 그러다가 스카프를 벗었다. 스카프로 상처를 눌렀다. 하지만 피가 계속 솟았다. 핏자국이 점점 큰 원을 그리며 번졌다. 내가 도와달라고 외쳤지만 아무 도움도 받지 못했다. 그런데 그가 사라졌다. 한순간 고통스런 표정으로 내 눈을 들여다보다가 어느 결에 그가 없어졌다.

마수드가 말했다.

"우리가 로즈베를 데려갈 거야. 일으켜! 로즈베, 우리가 데려갈게. 우리가 데리고 갈게, 로즈베."

마수드가 그를 일으켜 등에 업으려고 애썼다. 하지만 군중이 밀려들자 마수드는 균형을 잡지 못했다. 로즈베에게 깔려 쓰러졌고, 두 사람은 달려오는 발들 속에 쓰러져 있었다.

"로즈베는 죽었어. 마수드, 마수드. 내 말 들려? 죽었다고."

그가 머리를 저었다. 계속 총알구멍을 눌렀다. 계속 말을 붙여서 늘어진 로즈베를 진정시키려 했다. 결국 그는 친구를 품에 안았다. 그렇게 삼라만상 속에서 로즈베를 끌어안고 앉아 이름을 목 놓아 불렀다.

그제야 나는 누라가 옆에 없는 걸 알아차렸다. 내가 동생의 손을 놓았던 것이다. 인파가 주위로 밀려들었고 하늘에 연기가 자욱했다. 누라는 어디에도 없었다. 나도 소리치기 시작했다.

우리는 이름을 외쳤다. 로즈베. 누라. 우리에게 민중인, 그 민중의 이름을. 목소리가 소음에 묻혔지만 우린 거기 서서 이름을 불렀고, 사람들이 우릴 밟고 지나갔다. 외치는 소리 사이로 총성이 울렸다.

1분쯤이었다. 1분 이상은 아니었다. 영원으로 느껴진다. 평생 그렇게 느낀다.

*

한참 지나서야 마수드는 내 소리를 알아들었다. 그는 누라를 잃어버린 걸 모르고 있었다. 하지만 그걸 알자 벌떡 일어났다. 우린 로즈베를 버려두었다, 시신들과 라이플총의 포화 속에 그대로 두었다.

어느 쪽으로 가야 될지, 누라가 어디로 갔을 런지 감감했다. 결국 무작정 뛰기 시작했다. 같이 뛰면서 누라의 이름을 불러 댔다. 뛰고 또 뛰었고, 난 마수드가 바로 뒤에 따라온다고 생각했다. 그의 고함을 들었다고 생각했다. 그가 바싹 붙어 따라온다고 느꼈다. 그래서 골목으로 접어들면서 그도 들어온 줄 알았고, 따라오는 발소리의 주인이 마수드라고 짐작했다. 우리가 숨을 곳을 발견한 줄 알았다. 이제 어떻게 할지 의논할 수 있었다. 어떻게 누라를 찾을지. 그런데 몸을 돌리니 거기 다른 사람이 있었다. 검은 옷을 입은 남자가 손에 곤봉을 들고 있었다. 그와 나는 거기 마주서 있었다. 비슷한 또래였다. 두 아이가 서로 쳐다보고 있었다. 그 순간 그가 경비대의 일원임을, 로즈베를 죽인 자들 중 하나임을 깨달았다. 머릿속에서 생각들이 탁구공처럼 튀었다. 걷어차든 뛰든 타넘든, 도망치기 위해 뭐라도 해야 될까? 아님 미소 지으면서 결백한 척할까? 귀가하는 길이라고, 우연히 이 아비규환에 휩쓸렸다고, 얼른 집에 가지 않으면 어머니가 걱정하실 거라고 말할까? 하지만 그의 얼굴에 미소가 번졌고, 그게 오싹했다. 골목에 둘만 있고, 그에게 무슨 짓이든 당할 수 있다는 걸 깨달았다. 나를 그의 손아귀에서 구해 줄 사람이 없었다. 그 생각에 사로잡혔던 것 같다. 어떤 면으로는 죽음의 공포에. 그자에게 강간당하는 게 죽음보다 나빴다. '이 사람 앞을 지나가야 해.' 하는 생각밖에 나지 않았다. '이 사람 앞을 지나서 거리로 나가야 해.' 거기서, 아무도 못 보는 곳에서 붙잡혀서 폭행당하고 능욕을 당하고 싶지 않았다. 그래서 주먹을 불끈 쥐고 무릎을 굽혔다. 오장육부에서 비명이 솟구치는 것을 느끼면서 놈에게 달려들었다. 이소룡 영화에서 상대에게 뛰어들어 올라타듯이. 무슨 일이 벌어졌는지 모르겠지만 갑자기 난 거리로 나와 다시 인파 속에 묻혔다. 밀고 나가려고 갈 지 자로 움직였지만, 연기가 뿌옇게 피어올라 앞을 보기 힘들었고 사람이 너무 많았다. 갑자기 너무 고단했다. 그가 따라붙었다. 뒤에서 날 잡았다. 난 악을 썼다! 누라를 불렀고 마수드를 불렀다.

"동생을 찾아야 해요. 부탁이에요, 제발. 동생은 어려요."

그가 팔을 들어 손등으로 내 얼굴을 갈겼다. 아찔하게 아팠다. 이런 일을 당할 준비가 안 된 상태였다. 뺨을 맞고 얼마나 놀랐는지 너무도 선명하게 기억난다. 로즈베가 가슴에 총탄을 맞는 걸 보고도 마음의 준비가 되지 않았다. 몸에서 싸울 의지가 빠져나갔고 난 침묵에 잠겼다.

저들에게 체포당할 게 확실했다. 수비대는 날 체포하고 고문하고, 원하면 죽일 수도 있었다. 강간만 당하지 않는다면, 강간만은 피하고 싶었다. 차라리 죽는 게 나았다. 강제로 나를 놈들에게 주느니 차라리 죽고 싶었다. 강간은 악을 몸에 주입당해 평생 안고 다녀야 되는 노릇이었다. 악이 내 안에서 출렁대는 와중에 사는 것이었다.

경비대원은 땅바닥에 쓰러진 나를 끌고 갔다. 자갈이 등을 파고들자 난 눈을 감았다. 보고 싶지 않았다. 추측하고 싶지 않았다. 그가 기회를 줬다면 난 자발적으로 갔을 것이다. 그런데 경비대원은 이걸 좋아했다. 억지로 질질 끌고 가는 것을. 그러더니 내 허리를 움켜잡고 대기 중인 트럭의 짐칸에 던졌다. 안이 깜깜했다. 사방에 사람들이 있었다, 신음하고 비명을 지르고. 눈을 꾹 감았다. 계속 눈을 감고 있으니 다시 트럭 문이 열렸다. 저들이 우릴 끌어 내리기 시작했다. 뒤에서 남자가 째지는 소리로 외쳤다.

"놈들은 우릴 총살할 거요! 동지들, 노래합시다. 다 같이 한 목소리로 노래합시다!"

나는 그를 조용히 시키려고 몸을 돌렸지만, 그는 빙그레 웃기만 했다. 다 괜찮다는 듯이 내게 웃었다. 검은 옷을 입은 사내들이 나를 밀치고 그 남자를 붙잡았다. 나머지는 멀거니 보기만 했다. 우린 아무 말도 하지 않았다. 같이 노래하지 않았다. 처다보기만 했다. 남자는 땅바닥에 질질 끌려 벽 쪽으로 갔다. 나이든 여인이 내 팔을 잡자, 그녀의 손톱이 살에 박혔다. 난 다시 눈을 감았다. 그의 목소리가 들렸다. 우리 모두 그의 노래를 들었다. 그러더니 허공에 한 발의 총성이 퍼졌고 사위가 고요해졌다. 지금까지 그런 칼날 같은 적막은 경험하지 못했다.

*

　그날 경비대는 무수한 시민들을 구금했다. 돌이켜 보면, 그 일을 골똘히 생각해 보면 초현실적이다. 무수한 몸뚱이들. 요란 페르손(스웨덴 전 국무총리_ 역주)이 고기 산에 대해 말했을 때 그 광경이 연상되었다. 그가 진짜 고기 산을, 인간 산을 본 적이 있는지 궁금했다. 우리가 겹겹이 눕거나 죽은 건 아니었다. 근처에 시신이 산더미처럼 쌓인 건 알았지만 아무튼 내가 있던 감방은 그렇지 않았다. 그래도 비좁은 공간에 사람이 너무 많아서 타인의 체액이 몸에 닿았다. 피, 땀, 눈물, 소변. 나는 사람들을 뚫고 나아갔다. 눈으로 누라를 찾았다. 속으로 외쳤다. '제발 우리가 같은 곳에 있게 해 주세요. 내가 누라를 보살피게 해 주세요. 동생을 보살펴야 해요.' 하지만 누라는 보이지 않았다. '여기 없네. 당연히 여기 없겠지. 집에 엄마랑 있을 거야. 꼭 그래야 해.' 구석 자리에 주저앉았다. 더 안전한 느낌이었다. 양쪽 벽 사이에 끼어 남의 눈에 띄지 않았다. 아주 오래 거기 앉아 있었다. 한 사람씩 차례로 끌려 나가면서 점점 방이 비었다. 나가는 사람들을 일일이 눈으로 쫓았다. 그들은 사라졌고, 아무도 돌아오지 않았다. 난 그들이 어디로 갔는지 생각하지 않으려고 애썼다.

나는 마지막으로 끌려 나간 축에 들었다. 검은 옷을 입은 사내 둘이 내 팔을 잡았다. 그들에게 악취가 났다. 시큼한 땀 내였다. 늘 소리치고 입씨름을 벌이는 나였지만 침묵했다. 침묵 속에서 그들의 손을 쳐다보았다. 사내들의 손. 굳은살 박인 큰 손이었다. 멍과 베인 작은 상처들이 잔뜩 있었다. 수천 번 채찍을 휘두른 손이었다. 약한 살을 담뱃불로 지지고, 헐떡이는 목을 조이던 손이었다.

그들은 날 조사실로 데려가서 혼자 두었다. 흔들흔들하는 철제 탁자에 놓인 등불 말고는 어두웠다. 탁자 뒤에 접이식 의자가 있었다. 어떻게 해야 될지 몰랐다. 앉으라는 뜻인가? 그래서 뒤로 물러나 벽에 등을 대고 서서 양팔로 몸을 감쌌다. 온몸이 덜덜 떨렸고, 청산가리를 소지하지 않아 아쉬웠다. 이런 경우에 대비해 마수드와 의논했고, 우린 잡혀서 고문당하고 살해되느니 청산가리를 삼키고 죽고 싶었다. 그런데 이 일을 당할 거라고, 이렇게 금방 당할 거라고 진짜 믿지 않았던 것 같다. 당시에는 그게 용감해 보였다. 자결이, 저들 손에 죽지 않는 것이. 그런데 정반대라는 걸 그 조사실에서 깨달았다. 자살할 수 있기를 바라는 마음은 두려움에서 비롯되었다.

회색 양복을 입은 마른 사내가 들어왔다. 수염을 기르는 중인 듯 털이 듬성듬성했다. 재킷 밑에 황토색 남방셔츠를 입었다. 그는 서류더미를 안고 혼자 들어섰지만, 나를 보자 복도에 대고 고함쳤다. 검은 옷을 입은 사내 둘이 들어와서 그를 작은 탁자로 안내했다. 그가 자리에 앉자 두 사내는 뒤에 섰다.

그는 '네' 또는 '아니오'로 대답할 질문을 퍼붓기 시작했다. 내가 이슬람교 신자인지? 규칙적으로 기도하는지? 마르크스주의자인지? 이란 혁명을 지지하는지?

'그건 내가 바라는 혁명이 아니야!' 속으로 외쳤다. 하지만 겉으로는 이슬람교 관련 질문들 모두 고개를 끄덕였고, 공산주의나 붉은 혁명을 언급할 때마다 고개를 저었다. 머뭇대지 않았다. 우린 회합 중 이런 상황에 대해 논의했다. 목숨이 걸린 상황에서도 이상을 옹호해야 되는가? 그때는 그게 당연해 보였다. 그 외에는 배신일 터였다. 기회주의자의 배신. 하지만 난 옹호하지 않았다. 너무 무서워서 내가 싸우는 목표를 옹호할 수가 없었다. 살고 싶었다. 죽고 싶지 않았다.

그런데 그때부터 그들은 정보를 요구했다.

"거리에 나가라는 말을 누구한테 들었지?"

마른 남자가 물었다. 그가 펜으로 서류를 탁탁 쳤다. 내 대답 하나하나를 기록했다.

"그런 사람 없는데요."

내가 대답했다. 그건 사실이었다. 사람들에게 나가자고 말한 사람이 바로 나였다. 저들이 제거하고, 처치하려는 자들 중에 내가 있었다.

누구와 어울리느냐는 질문을 받고 주저했다. 뭔가 말하면 도움이 될 텐데. 뭔가 내주면 그만큼 고생을 덜 거야. 그래서 로즈베의 이름을 말했다. 놈들이 그를 체포할 수 없다는 걸 알았으니까. 로즈베의 목숨을 다시 빼앗을 수 없을 테니까.

이번이 처음이라고 말했다. 솔직히 무슨 시위인지도 잘 모른다고. 로즈베는 내 약혼자라고. 그가 얼른 시위에 들렀다가 극장에 가자고 했다고. 난 약혼자를 따라갔을 뿐이라고. 모든 걸 로즈베에게 떠넘기고 다른 이름을 발설하지 않았다. 난 정치에 관심 없다고 말했다. 약혼자를 따랐을 뿐이라고.

"다시 시위를 할 건가?"

사내가 물었다.

"아뇨. 절대로요."

그는 다시 서류를 내려다보았다. 또박또박 글자를 적었다.

"저기요, 저는 결혼해서 아이들을 낳고 현모양처로 사는 게 꿈이에요. 부탁드려요. 오늘 벌어진 일은 저랑 아무 관계도 없어요."

그는 흥얼대면서 적었다. 검은 옷을 입은 자들을 올려다볼 엄두가 나지 않았다. 마른 남자만 쳐다봤다. 그가 어떤 법에 따르는지 궁금했다. 어떤 법에 근거해서 내 안위를 결정할까.

마침내 그가 종이뭉치를 탁자 위로 밀었다.

"여기 서명해."

난 무슨 뜻인지 알아내려고 그를 흘끔대다가 서류뭉치 위에 몸을 숙이고 읽기 시작했다.

"서명하라고!"

이제 검은 옷을 입은 남자 하나가 윽박질렀고, 난 더듬더듬 펜을 집었다. 마지막 몇 줄을 힐끗 보고 이름을 적었다. 이슬람 혁명에 충성을 서약한다고 적혀 있었다.

검은 옷의 사내들이 다시 내 양팔을 잡고 문 밖으로 끌어냈다. 아까 들어온 문이 아니었다. 심장이 쿵쿵댔다. 그들이 내 말을 믿지 않는다는 생각이 들었다. 사내들은 나를 다른 문으로 떠밀었다. 나는 일어서서 비척대며 복도를 지나갔다. 문도 창문도 없었다. 사람도 없었다. 하지만 비명소리가 들렸다. 구타하는 소리도 들렸다. 순간적으로 가만히 서서 귀를 기울였다. 누라의 목소리가 나는지 들었다. 하지만 여러 명의 비명이 뒤섞여 구분되지 않았다. 복도를 내려가서 모퉁이를 도니 다른 문이 나왔다. 문짝이 더 컸다.

한참 문을 물끄러미 쳐다보았다. 온갖 소문을 들었으면서…, 난 왜 이게 현실인 걸 몰랐을까? 이런 일을 당할 수 있다는 걸 왜 몰랐을까? 바닥에 철퍼덕 주저앉았다. 양팔로 무릎을 감쌌다. 호흡을 가누려고 애썼다. 문 저편의 또렷한 이미지가 머릿속에서 떠다녔다. 안뜰. 줄줄이 앉은 사람들. 눈가리개. 총을 든 검은 옷을 입은 남자들. 바닥에 쓰러지는 시신들. 끌려 나가는 시신들. 새로 와서 줄줄이 앉는 사람들. 온갖 소리가 들렸다. 하지만 거기 잡혀 왔지만 빠져나온 이들도 있었다. 그러지 못했다면 그런 소문이 내 귀에까지 들리지도 않았겠지. '나도 도망칠 수 있어!' 그 생각이 났다. '탈출할 수 있는 사람들 속에 나도 있다고.' 그래서 다시 일어났다. 문으로 다가가서 열었다. 가만히. 밖을 내다보려고 했다. 어떤 일을 볼 마음의 준비를 했다.

칠흑같이 어둡고 추워서 밤이라는 걸 알았다. 아무 소리도 나지 않아서 밖으로 나갔다. 뒤에서 문이 쾅 닫혔다. 어둠과 고요만 남았다. 나 혼자였다. 처음에는 몸을 돌려 다시 문을 열고 싶은 충동이 일었지만 문은 잠겼다. 그래서 뛰었다. 여기가 어딘지, 어디로 가는지 모른 채 곧장 앞으로 달려 나갔다. 그런데 아무도 막지 않았다. 그들은 날 풀어주었다.

오랫동안 트인 벌판을 지나니 도로가 나왔다. 연신 어깨 너머를 힐끗댔다. '틀림없이 착오가 있었어.' 하고 생각했다. 그들이 잡으러 올 게 확실했다. 그런데 아무도 쫓아오지 않았다.

새벽녘에 트럭이 지나가자 나는 양팔을 휘둘러 도움을 요청했다. 옳은 일인지 확신이 없었지만 거기서 빠져나오지 못할까 봐 두려웠다. 스스로 총살부대에서 도망칠 수 있는 사람이라고 생각했지만, 사실은 추위와 황량함도 참기 어려웠다.

트럭이 나를 시내 한복판에 내려주었다. 마수드, 누라, 로즈베와 헤어진 그 자리였다. 그 일이 일어난 게 어제인지, 며칠 전인지 가늠되지 않았다.

난 광장이, 모든 일이 벌어지기 전과 같은 풍경이기를 바랐다. 거기 교차로 한복판에 샤(페르시아의 왕을 지칭_역주)의 동상이 당당하게 서 있기를, 극장 벽에 존 웨인 포스터가 붙어 있기를 바랐다. 혁명 이전의 마지막 독재 시대로, 빌어먹을 구시대로 돌아가기를 바랐다. 적어도 시간을 거슬러 내가 이 일에 끼어들지 않는 쪽을 선택할 수 있는 시점으로 돌아가기를 바랐다.

트럭에서 뛰어내린 후에야 경비대에게 손가방을 빼앗긴 걸 깨달았다. 땡전 한 푼 없었다. 그래서 다시 걷기 시작했다. 걷고 또 걸었다. 끝없이 걸었다. 걸으면서 계속 생각했다. '투쟁은 쉽지 않아. 투쟁하기가 쉽지 않구나. 투쟁한다는 건 쉽

지 않아.' 계속 머릿속에서 그 생각이 맴돌았다. '투쟁하는 건
쉽지 않아.'

*

집까지 가는 내내 중얼댔다.

"누라는 이미 집에 와 있을 거야. 똑똑한 아이잖아. 어리
고. 잽싸고. 도망쳤어. 엄마가 계신 집으로 도망쳤겠지."

나는 고개를 끄덕였다.

"지금 이 순간 다들 부엌에 앉아 있어. 차를 마시고 엄마가
말하지. '나히드가 얼른 집에 오는 게 신상에 좋을 텐데.' 누
라가 깔깔대지. 누라가 웃으면서 '당연히 집으로 오는 중일
거예요, 엄마.' 하고 말하지. 그럴 거야. 마수드는 엄마와 누
라가 먹을 빵을 사러 나갔어. 내가 문으로 들어가면 세 사람
이 날 쳐다볼 거야. 고함치고 날 놀리고 껴안겠지. 그러면 모
든 게 끝날 거야, 다 끝나고 별일 아닌 거지. 별일 아니야."

모퉁이를 돌아 집 앞 도로로 접어들자 맨 처음 눈에 들어
온 것은 어머니였다. 대문 밖 스툴에 앉아 있었다. 허벅지에
손을 내려놓고 몸을 앞뒤로 흔들었다. 누군가 어머니의 발밑
에 두고 간 차 쟁반이 눈에 들어왔다. 어머니는 찻잔에 손도
대지 않았다. 어머니를 보니 볼 낯이 없어서 그대로 돌아가고
싶었다.

다가가니 어머니가 눈을 감고 입술을 달싹이는 게 보였다. 기도문을 외우듯 하피즈(14세기 이란의 유명한 서정시인_역주) 의 시를 나직이 암송하고 있었다. 내가 어깨를 잡으니 어머니 가 눈을 뜨고 쳐다보았다. 꿈속에서 귀신이라도 본 눈빛이었 다. 어머니는 몇 초간 멀뚱멀뚱 쳐다보고서야 일어섰다. 너 무 힘차게 일어나는 바람에 의자가 차 쟁반 위로 넘어져서 접 시가 산산조각 났다. 하지만 어머니는 알아차리지 못했다. 내 발 아래 몸을 던지고 다리를 양팔로 안았다. 바닥에 쏟아 진 유리처럼 갈라진 목소리로 내 이름을 불렀다. 나는 어머니 옆에 앉았고, 우린 끌어안았다. 어머니가 통곡했고, 나는 그 소리를 들었다. 같이 통곡하고 싶었지만 울음을 토해낼 신체 기관이 얼어붙은 것 같았다.

마침내 내가 입을 열었다.

"마망 마망, 누라는 어디 있어요?"

그 순간. 내 인생에서, 내 기억에서, 내 망막에서 그 순간을 지울 수 있다면. 어머니의 어리둥절한 눈빛. 그녀는 내가 누 라의 행방을 안다고 짐작했다. 누라가 안전하다고 짐작했다. 혼란이 공포로, 순수한 공포로 바뀌더니 어머니가 내 옆으로 쓰러졌다. 땅바닥에 몸을 공처럼 말고 누워 악을 썼다. 다른 이름을, 막둥이 이름을 목 놓아 불렀다. 나도 옆에 쓰러져서 몸을 꼭 붙이고 푸근한 어머니의 몸에서 위안을 얻고 싶었지 만, 그녀가 그 자리에서 죽을까 봐 겁났다. 어머니의 심장이 터져서 멈출까 봐 무서웠다. 그녀가 숨을 몰아쉬자 난 '내가 엄마를 죽였어.' 하고 생각했다. 그래서 안으로 달려가서 구급차를 불렀다. 대원들이 어머니를 들것에 눕혔고, 마흐바시와 기타가 같이 타고 갔다. 언니들은 내게 눈길을 주지 않았다. 나를 쳐다보지 않으려 했다.

그들이 떠나자 나는 집 안을 돌아다녔다. 방마다 들여다봤다. 마지막으로 우리가 쓰는, 누라와 같이 쓰는 방에 들어갔다. 동생의 침대가 얌전히 정돈되어 있었다. 개어 둔 누라의 파자마가 이불 위에 있었다. 파자마를 들고 다시 밖으로 나갔다. 어머니가 앉았던 발판 의자에 앉아 보드라운 천의 냄새를 맡았다. 고양이. 그게 기억난다. 누라의 파자마에 고양이들이 그려져 있었다.

어둠 속에서 마수드가 내게 다가왔다. 마침내 그가 왔다. 옷이 찢기고 먼지를 뒤집어쓴 모습이었다. 온몸이 모래와 진흙투성이였다. 그도 나처럼 걸어서 왔다. 마수드도 같은 조사실에 끌려갔는지, 나같이 대답했는지 궁금했다. 저들이 그를 풀어 주었을까, 그래서 서늘한 밤공기를 들이쉬고 걷기 시작했을까? 하지만 난 바보가 아니었다. 그는 저들이 듣고 싶은 말을 해 주지 않았을 터였다. 이슬람교에 고개를 주악대고 마르크스주의에 고개를 저을 사람이 아니었다. 동지들의 이름을 발설하지 않았으리라.

마수드는 다른 문으로 끌려 갈 부류였다. 어둠 속으로 도망치게 놔 주지 않을 부류였다. 어둠은 배신자를 위해 준비된 거니까.

내가 발판 의자에 앉아 있을 때 마수드가 왔다. 난 꼼짝 않고 앉아 앞을 똑바로 응시했다. 꼭 숨을 참다가 마침내 공기를 마실 수 있는 것 같았다. 심호흡을 크게 하고 악을 썼다. 마수드가 달려와서 내 무릎에 머리를 묻었다. 우리는 같이 울었다. 같이 운 것은 이 순간밖에 없었다. 자주 같이 울었다면, 여러 번 그래야 했거늘. 고통이 가시가 되어 둘 사이를 파고들게 놔두지 않고 같이 통곡했다면, 둘의 인생이 이렇게 풀리지 않았겠지. 그랬다면 그렇게 외롭지 않았을 텐데. 그랬다면 마수드가 죽지 않았을 것이다. 그리고 나도 죽어가지 않을 테고.

그가 말했다.

"로즈베의 집에 들렀어. 부모님께 알려드리고 싶어서. 그런데 대문이 부서졌고, 마당에 경비대원들이 있었어. 도무지 알 수가 없어. 어떻게 놈들이 로즈베를 알아냈을까? 왜 그의 부모님을 쫓고 있을까? 수비대는 무고한 사람들을, 방금 아들을 잃은 분들을 체포하려고 해."

나는 앉은 자리에서 얼어붙었다. 미동도 없이 앉아 있었다. 아무에게도 말하지 않기로 결정했다. 조사실이나 심문에 대해 함구하기로. 내가 로즈베를 밀고했고, 그의 이름을 밝힌 사실을 밝히지 않기로 했다. 가여운 로즈베의 부모님. 우리 어머니. 이 고문당하는 영혼들.

"누라가 없어졌어."

내가 말했다.

이 말을 듣자 마수드의 눈빛이 이상해졌다. 아름다운 우수에 젖은 갈색 눈. 꼭 눈이 고정되고 희망이 통째로 빠져나간 것 같았다. 아름다움이 전부 날아가 버렸다.

"아니야, 아냐. 집에 돌아올 거야."

그가 내 손을 놓고 일어나 몸을 돌렸다.

"누라는 집에 올 거야, 나히드. 집에 돌아올 거야."

그는 고개를 푹 숙이고 노인네처럼 등을 잔뜩 굽히고 안으로 들어갔다.

나는 거기 앉아 있었다. 우리가 어떻게 자신을 용서할 수 있을지 궁금했다. 어떻게 서로를 용서할 수 있을지. 누라를 데려간 것을. 졸라 대는 누라에게 넘어간 것을. 동행하는 게 좋았던 것을.

*

내가 아직 모르고 깨닫지 못한 것은, 그날 우리도 죽었다는 사실이었다. 스무 살이었지만 여러 면에서 우리의 삶은 끝나버렸다. 이후 벌어진 일은, 다만 그날 거기서 잃은 것들을 대체해 보려는 서툰 시도에 불과했다. 우리 딸. 탈출. 내 교대 근무, 일터에서 보낸 세월. 전부 다.

그날 우린 죽었어야 했다. 이후의 세월은 빌린 시간일 따름이었다.

포기해서 떠나는 게 아니다. 뭔가 하려고, 뭔가 해내려고 떠난다. 청천벽력 같은 일을 겪은 와중에 뭔가 이루려고.

흔히 세상은 나를 피해자로 본다. 허약하고 복종적인 모습을 기대한다. 난민 여성으로서. 그런 사고방식이 이해되지 않는다. 내가 강인하기 때문에 여기 있다는 걸 사람들은 왜 모를까? 포기하지 않으려면, 불행과 탄압을 거부하려면 힘이 있어야 된다는 걸 왜 모를까? 이따금 궁금하다. 사람들은 자기가 강한 게 고난을 겪지 않아서라고 생각할까? 평탄한 삶이 회복력을 만든다고 생각하는지 궁금하다.

내 강인함이 자랑스럽다. 연이은 타격. 난 매번 다시 일어난다. 매번 빠져나온다. 면역 체계처럼 공격받을 때마다 더 반항적이 된다. 그런 거지! 바로 그런 것이다.

한데 그 순간 암이 들이닥치자 의구심이 생기기 시작했다.

"왜 내게 이런 일이 생겼을까? 뭘 잘못해서 이런 수모를 당하나?"

크리스티나에게 묻는다. 이 생각이 머릿속을 때린다.

주치의는 내 손에 손을 올리고 몸을 숙인다.

"그저 운수소관이에요, 나히드. 악운일 뿐이라고요."

그 대답에 큰 충격을 받는다. 악운. 너무 빤하다. 너무 약이 오른다. 괜찮은 삶을 영위하려고 그리도 힘들게 싸웠는데 결국. 그리도 꿋꿋하게 버티고, 수많은 희생을 감내했는데 결국에는.

악운이라니.

그제야 누라를 빼앗아간 것은 악운이었음을 깨닫는다. 살아남은 사람이 나였던 것은 그저 운수소관이었다. 그 악운이 몇 주 동안 어머니가 내게 말을 걸지 않게 만들었다. 악운은 나를 집안의 자랑에서 저주로 바꿔버렸다.

만일 인생이 강인함이나 나약함과 관계없다면 어쩌지? 우리를 몰아가는 게 운수소관일 따름이라면? 내가 그저 악운만 잔뜩 안은 여자라면. 어쩌면 바로 그게 나다. 그렇다면 난 연약하면 좋겠다. 연약해서 행운이 내 편을 들어주면 좋겠다.

스웨덴의 미드썸머 데이다(세례 요한 축일. 북반구는 6월 24일. 꽃 기둥을 세워 주위를 돌며 춤추고 축제를 벌인다._역주). 태양이 빛난다. 드문 일이라서 다들 행복해한다.

내 집 창을 내려다본다. 아래 잔디밭에서 준비가 한창이다. 꽃무늬 원피스를 입은 부인들. 흰 옷을 입은 아이들. 화환. 그들이 빙빙 돌며 춤추는 기둥. 오전 10시고, 아직 정식으로 축제가 시작되지 않았다. 아래 모인 사람들은 축제를 준비하는 열성분자들이다. 손으로 턱을 감싸고 창밖에 몸을 내밀어 구경한다. 팔꿈치 옆에 진홍색 찻잔이 있다. 느닷없이 충동이, 흔히 가끔 느끼는 충동이 밀려든다. 찻잔을 집어서 뜨거운 차를 사람들 머리에 붓고 싶다. 다치게 하고 싶은 것도 아니고, 실제로 그런 짓을 벌이지도 않을 것이다. 그저 그런 생각이 머릿속을 스치고, 난 부르르 떤다. 내가 미친 게지. 아마도 암에 걸린 게 나한테나 세상한테나 잘된 일이다.

전화기가 "삐" 하고 울린다.

"저희 곧 도착해요, 내려오실래요?"

아람과 요한이다. 둘은 나도 가야 된다고 고집하지만, 나한테는 중요하지 않다. 집에서 소파에 앉아 티브이나 시청하고 싶건만. 하지만 아니, 꽃무늬 원피스를 꺼내놓았다.

그 옷을 입고 거울 앞에 선다. 좀처럼 외모에 적응되지 않는다. 머리카락도 없고, 눈썹도 없다. 내 껍질이 벗겨지는 것 같다. 희미해지는 것 같다. 내가 사라지는 것 같다. 그래서 보라색 스카프를, 진보라색을 선택한다. 눈썹을 꾹꾹 눌러 그린다. 내가 보기에도 너무 진하다. 그래도 그냥 그린다. 윤곽선 안쪽을 메운다. 입술을 칠한다. 금방 번진다. 번진 부분을 지우려고 턱 위를 문지르지만 그대로 착색된다. 내버려 둬야겠다. 희미해서 보이지 않는 것보다 과한 게 낫다. 온전히 존재하는 게 멈춰지고 있으니.

핸드백을 어깨에 메고 엘리베이터를 타고 내려간다. 아직도 이게 좋다. 움직이는 기분. 어딘가 가고 있는 느낌. 끝나지 않은, 완전히 끝나지는 않은 느낌.

자동차 문을 여니 아람이 기대어린 표정으로 돌아본다. 그러다가 내 모습에 놀란다. 아람은 내 면전에서 반응을 보인다. 나 때문에 불편해한다. 아람이 아무 말도 하지 않자 요한이 고개를 돌리고 대신 말한다.

"날씨가 화창하네요!"

내가 고개를 끄덕인다.

"맞아, 오늘 그 말을 몇 번 듣겠군."

요한이 계속 미소 짓자 난 그만두라고 말하고 싶다. 그가 내 딸을 대신할 수 없다고 말해 주고 싶다. 내게 필요한 사람은 아람이라고.

"기분이 어떠세요, 엄마?"

마침내 아람이 뻣뻣한 목소리로 묻는다.

한숨이 나온다. 나를 견딜 수도 없으면서 왜 같이 가자고 했을까. 왜 내 딸이 나를 괴물 보듯 쳐다볼까. 왜 나를 흡족하게, 행복하게 해 주지 못할까.

난 대꾸한다.

"난 여기 있고, 늘 그게 중요하지."

두 사람이 몸을 돌리고 차가 굴러가기 시작한다. 요한이 아람의 손을 잡고 꼭 쥐는 게 보인다. 그걸 보니 서글프다. 그가 아람을 보호해야 되는 게, 위로해야 되는 게 서글프다. 또 내 옆에 앉아 그렇게 해 줄, 내 손을 잡아 줄 사람이 없어서 서글프다. 나야말로 그게 필요한데.

다들 말없이 앉아 있다. 아람이 페르시아 가수 구구시의 노래를 튼다. 전에 여러 번 달렸던 길을 달린다. 원시적인 숲을 지나는 간선도로를 달리다 바다 위의 다리를 건넌다. 이 순간에는 늘 가슴이 두근거린다. 섬, 바위, 오두막, 배, 반짝이는 맑디맑은 물 위에 둥둥 떠가는 기분. 여기서 30년간 살았는데 이 아름다움이 여전히 낯설다. 이다지도 아름다운 곳인데 좋은 기억이 거의 없다. 어떻게 그럴 수 있을까?

아람이 어릴 때도 우린 이렇게 달렸다. 차에 타서 음악을 크게 틀고 내달렸다. 듀뢰를 향해, 혹은 바름도 교회를 지나거나 노라 라그뇌로 달려갔다. 난 가속 폐달을 과하게 꾹 밟았다. 음악 소리가 너무 요란했다. 툭 하면 운전대를 놓고 새 담배에 불을 붙였다. 현명한 처사가 아니었음을 이제는 안다. 하지만 그 시절에는 개의치 않았다. 딸이 차에 타고 있는데도 그랬다. 난 안달이 났다. 덫에 갇힌 기분이었다. 그랬다, 내 집에, 내 머릿속에 갇힌 죄수 같은 때가 너무 많았다. 이제 난 아픈 몸뚱이에 갇혔다.

"사베르가 죽었어."

어느 오후 마수드가 말했다. 나는 그가 들어오는 기척을 못 들었다. 남편이 문간에 섰다. 허리를 펴고, 똑바로 거의 차렷 자세로 서 있었다.

나는 아람을 무릎에 앉히고 카펫에 앉아 있었다. 아람은 생후 13개월이었고, 작은 셋방은 생활하기에 비좁았다. 창문도 없는 지하실이었다. 아기는 그렇게 사는 데 익숙해지지 못한다. 아람은 연신 울었고 달래지지 않았다. 종일 울어댔다. 종일 우린 같은 자리에 앉아 있었고, 아람은 울었다. 마수드가 들어왔을 무렵, 내 머리는 안개에 잠겨 있었다. 나도 울었던 게 분명하다. 몇 차례 눈을 깜빡이고서야 그가 똑똑히 보인 걸 보면. 마수드에게 뭐라고 했는지, 다시 말해달라고 했다. 잘못 들은 줄 알았다. 말소리 하나하나가 아람의 분노에 튕겨서 다른 말로 들렸다.

마수드가 빽 소리쳤다.

"당신은 뭐가 잘못된 거야! 그가 죽었다고, 죽었어. 죽었다고, 죽었다니까!"

아람이 훨씬 더 요란하게 울어 댔다. 붙잡을 걸 찾는 것처럼 작은 손을 허공에 휘둘렀다. 뭔가 꼭 잡으려는 듯이. 나는 아기를 들어서 가슴에 안고 달랬다. 달래면서 제대로 생각하려고 애썼다. 텅 비어 있는 생각을.

"어쩌자고 그렇게 퍼질러 앉아 있는 거야!"

마수드가 윽박질렀다.

나도 맞고함 쳤다.

"나더러 어쩌라는 거야, 마수드? 우리가 뭘 더, 뭘 더 해야 되지? 다 끝났어, 모든 게 끝났고 아무것도 남지 않았어."

그가 내게 다가오더니 아람을 빼앗아 안았다. 이제 아기는 더 요란하게 울었다. 악쓰면서 울자 내 가슴이 저릿했다. 숨이 넘어갈 듯한 소리였고, 남편의 눈은 검었다. 그렇게 검은 눈은 본 적이 없었다. 난 그가 아기를 안고 있는 게 싫었다.

"마수드, 아람을 이리 줘!"

무릎을 바닥에 대고 일어나려는데 힘차게 얻어맞았다. 너무 힘이 세서 나는 나자빠졌다. 처음 든 생각은 지진이 났다는 것이었다. 아람을 생각했다. 우리는 지하에 있었다. 머리 위로 건물이 주저앉으면 어쩌나? 그때 다시 가격당했고, 그 힘이 땅에서 나오는 게 아님을 알았다. 마수드의 발길질이었다. 그는 아람을 품에 안은 채 내 위에 버티고 서서 더러운 구둣발로 찼다. 내 배를, 가슴팍을 걷어차고 얼굴을 때렸다. 나는 양팔을 들어서 막았고, 그는 연신 발길질을 했다. 내 손에서 작은 뼈가 "우두둑" 하는 소리가 났다. 아람이 크게 울었다. 울던 참이었는데 이런 상황이 되니 자지러지게 울었다. 마수드가 씨근댔다.

그때 난 얼어붙었다. 바닥에서 얼어붙었다. 그 방에는 창문도 전화도 없었고, 난 꼼짝할 수가 없었다. 그렇게 엎어져서 카펫 문양만 쳐다봤다. 수직 카펫이었다. 우리가 가장 아끼는 살림살이였다. 이사할 때마다 갖고 다녔다. 마수드가 어깨에 메고 옮겼다. 왜 그걸 간직하는 게 그리 중요했는지 모르겠다. 왜 유난히 그 카펫을 아꼈을까.

손으로 짠 진청색과 빨간색 소용돌이 문양, 거기에 잠길 수 있을 것 같았다. 차창 밖의 짙푸른 바다 같았다. 해안의 빨간 집들과 초록빛 섬들이 뛰어들어도 될 것 같은 문양을 만들어 내듯이. 정말 아름답다. 그런데 왜 좋은 추억이 없을까?

내 삶에서 가장 중요한 것은 자식이다. 달리 가진 게 없어서 그럴지 모르지. 이유야 어찌됐든 아람은 내 전부다. 딸을 사랑한다. 정말이다. 누군들 자식을 사랑하지 않을까. 아람은 내게 중요하다. 딸이 매사 잘 풀리면 좋겠다. 아람의 건강과 행복을 기원한다. 자주 보고 싶다. 이 모든 게 나의 바람이다. 하지만 부모 노릇은 싫다. 한 번도 좋았던 적이 없다.

출산 순간을 생각하면 한 단어가 머리에 떠오른다. 후회. 자신이 그런 꼴을 당하게 했다는 후회. 결국 내 몸을 그런 상황에 밀어 넣었다는 후회. 그리고 통증. 산통이 몹시 심했다. 왜 그런 걸 견뎌야 될까? 남자들은 결코 받아들이지 않을 것이다. 출산하면 행복할 거라는 말을 들었다. 내 몸 속에 아기가 있었고, 건강한 아기는 내 안에서 잘 자랐다. 난 일을 제대로 해냈다. 즉시 임신했다. 이제 아기를 짜내야 했다. 아이는 분신이고, 내가 좋은 여자라는 증거였다. 손톱으로 날 긁어

대고 발길질하고, 양팔로 날 거부하는 존재. 이미 나에게 실망한 존재. 내가 제 앞길을 망쳤으니까. 아기를 밀어냈다. 여기로 밀어냈다. 아기가 벌써 날 미워한다고 상상했다.

수치스러웠다. 양수. 몸을 뒤틀어야 되는 자세. 의료진은 침대에서 일어나 손바닥을 벽에 대게 하고 밀어내라고 했다.

"밀어내요, 밀어내세요."

곧 간호사가 소리쳤다.

"아기가 보여요. 보세요, 내려다보세요."

난 그럴 수가 없었다. 뺨을 찬 병원 벽에 대고 불은 젖가슴 위로 눈물을 철철 흘리면서, 비명을 지르고 바들바들 떨었다. 그리고 후회했다. 정말이지 후회스러웠다.

아기가 내 가슴에 얹히자 난 사랑에 빠졌다, 정말 그랬다. 첫 순간부터 딸을 사랑했다. 내 자식을 위해 목숨을 바치리라는 걸 깨달았다. 그랬을 것이다. 내 목숨을 아기를 위해 바칠 테고, 현실이 변할 수 없다는 걸 알았다. 이건 되돌릴 수 없는 일이었다. 이제 내가 곧 그 아이였다. 이제부터 내 몸은 딸을 위해 존재했다. 그게 두려웠다. 그것은 끝나지 않는 고통을 의미하겠지. 딸은 내가 죽는 날까지 날 쫓아다닐 터였다.

그런 감정을 남들에게 털어놓을 수가 없다. 여성으로서도, 어머니로서도. 나는 자식을 사랑하지만 어머니인 것은 싫다. 첫 순간부터 싫었다. 가끔은 날 그 역할에 밀어 넣은 딸이 미울 때도 있었다.

진단을 받고 처음 든 생각은 아람에게 전화하는 것이었다. 난 딸이 뭐든 하던 일을 멈추기를 바랐다. 난 울고불고 하고 싶었다. 고래고래 악쓰고 싶었다. '날 도와줘. 날 구해줘.' 무엇보다도 그러고 싶었지만 참았다. 그런 내가 기특하다. 몇 시간만이라도 딸을 보호하는 쪽을 택했다.

평생 여러 번 그런 짓을 저질렀다. 전화기를 들고 딸에게 구해달라고 매달렸다. 아람의 침실 문에 대고 소리쳤다.

"도와줘, 나 좀 도와줘."

그런 짓을 반복해서 저질렀다. 내가 자식을 보호하고 돕고 구해야 되는데도. 처음 남편에게 구타당한 자리에 딸이 있었고, 이후에도 맞을 때마다 옆에 있었다. 그런 상황이었다. 우린 아람을 보호하려 하지 않았다. 우리의 크나큰 실패를, 모든 고통을 아이에게 감추려고 하지 않았다. 아니, 그 반대였다.

언젠가 아람이 축구팀 친구인 말린의 집에서 잤다. 우리 딸은 고작 열 살인데도 나름의 삶을 누렸다. 독자적인 세계가 있었다. 저 혼자 감자칩과 사탕을 사왔다. 내가 아람을 데려다 줬다. 난 말린의 부모가 집에 있는지 확인하고 싶었다.

"들어가지 않아도 돼요, 엄마."

아람이 말했다.

하지만 난 딸을 가만히 밀어내고 집으로 들어갔다. 텔레비전 앞에 매트리스가 깔려 있고, 주방 식탁에 타코가 있었다. 누군가 챙겨 두었고, 누군가 아람을 챙길 터였다. 뱃속이 꽉 조였다.

"8시 넘어서 외출하면 안 돼, 알아들었니? 다른 부모들이 뭘 허락했든 나랑은 별개야. 다른 애들이 그러더라도 넌 안 돼!"

아람이 고개를 끄덕이고 눈을 돌렸다. 딸은 나를 보내려고 했다. 다른 세상에, 자기만의 세상에 들어가고 싶었겠지.

"이따 전화해서 네가 잘 있는지 확인하마!"

아람이 다시 고개를 끄덕였다. 딸이 밤에 나가리란 걸 난 알았다. 무슨 일이든 하고 싶은 대로 하겠지. 나라도 그랬을 테니.

여름 저녁 속을 지나 집으로 향했다.

스웨덴의 여름. 난 이 계절을 사랑한다. 덥고, 연립주택 사이사이가 짙푸르렀다. 작은 호숫가 숲의 냄새가 풍겼다. 습기, 더위, 초록빛. 천천히 걸었다, 서둘러 집에 가지 않았다.

급히 돌아갈 필요가 없었다. 그가 거기 있었다. 마수드는 그 날 저녁에 일하지 않았고 나도 근무가 없었고, 아람은 다른 집에서 잘 예정이었다. 우리만 남겨 두고.

텅 빈 놀이터에 들어가서 그네에 앉아 살살 밀었다. 오랫동안 놀이터에 있었던 것 같다. 그네를 앞뒤로 높이 더 높이, 빨리 더 빨리 타다가 좀 쉬었다. 동네를 가만히 쳐다보았다. 우리가 살기에는 호사스러운 곳이었다. 거기서 살 자격이 없는 것은 아니었다. 형편이 됐다. 그 동네에 들어가려고 열심히 일했다. 처음 살았던 동네와 너무 대조적이었다.

'넬슨스 힐'의 아파트에 이사한 날을 잊지 못한다. 난민 캠프에서 그 집으로 들어갔다. 새 삶을 시작할 준비가 되어 있었다. 그런데 그 동네…, 이제껏 봤던 스웨덴과 비슷한 구석이 전혀 없었다. 가장자리에 있는 동네 같았다. 스웨덴과 내가 모르는 뭔가의 경계선에. 황량함. 마법 같고 동화 같은 데가 없었다. 난민 캠프는 그랬다. 숲속의 매력적인 작은 오두막들. 다른 가족과 살아야 했지만 그건 문제가 되지 않았다. 정말 예쁘장했다. 그런데 이 동네. 여기는 아스팔트, 콘크리트, 철, 길게 늘어선 너저분한 초록색 발코니는 여러 아파트가 공동으로 사용했다. 흉물이었다. 오줌 냄새가 진동했다. 아파트 건물들 사이에 취객들이 흔들흔들 걸었다. 이집 저집에서 비명이 난무했다.

우리가 어쩔 수 있을까? 평화와 민주주의와 자유가 있는 곳에 왔다. 하지만 끔찍하기도 했다. '넬슨스 힐'은 우리가 밑바닥에 있다는 걸 똑똑히 보여 주었다. 거기엔 우리 같은 정치 난민들이 있었다. 또 주정뱅이들과 싱글 맘들이 있었고, 평생 평화와 민주주의 속에서 살면서도 거기서 벗어나지 못한 사람들이 살았다. 우린 거기서 살고 싶지 않았다. 딱 필요한 기간 동안만 머물 작정이었다. 그래서 우린 일하고 또 일했다. 일하고 돈을 벌어 악착같이 모았다. 넝마 같은 옷을 입고 자린고비처럼 먹고 살았다. 그러다가 이 연립주택을 샀다. 얼마 안 되는 세간을 들고 근사하고 조용한 동네로 이사했다.

사람은 시도한다. 좋은 것을 이루려고 한다. 그게 다른 것보다 낫기 때문이다. 할 수 있다고, 대단한 걸 만들 능력을 가졌다고 생각한다. 그런데 그렇게 되지 않는다. 뜻을 이루면 멋있어야 되는데 그렇지 않다. 모르겠다. 난 아직도 이해하려고 애쓴다. 전쟁에서 탈출해 평화로 가는 길을 찾으면 훨씬 행복할 거라고 다들 믿는다. 젖먹이와 지하실에서 머리 위로 폭탄이 떨어질 위험 속에서 살다가, 이제 정원이 있고 맑은 하늘 아래 살면 더 행복해야 마땅하다. 주정뱅이들과 경찰차 사이렌 속에서 살지 않아도 되면 더 행복하겠지. 그런데 그렇지가 않고, 왜 그런지 모르겠다.

마침내 집에 돌아갔다. 가만히 문을 열었다. 벽시계를 힐끗 보고서야 밖에 한참 있었던 걸 알았다, 너무 오래. 집이 조용했고 불안한 적막이 흘렀다. 적어도 텔레비전에서 축구 경기 소리라도 날 걸로 예상했다. 그런데 아무 소리도, 아무 움직임도 없었다. 욕실로 걸어갔다. 샤워를 하려고, 그렇게 시간을 죽이려고 했다. 그때 일이 터졌다.

"이리 와!"

마수드가 불호령을 내렸고 난 복종했다. 그는 거실에서 소파에 앉아 있었다. 허공을 바라보면서.

"어디 갔다 왔어?"

그가 물었다.

"아람을 데려다 줬지, 당신도 알잖아."

"그건 두 시간 전이지! 지난 두 시간 동안 어디 있었냐고?"

"산책했어. 동네 주변을. 저녁 공기가 좋아."

"산책 좋아하시네!"

이제 그가 벌떡 일어나며 윽박질렀다.

"누구랑 있었어? 털어 봐."

그런 순간 내가 다르게 처신할 수 있었다면, 다른 말을 했다면 그런 상황이 중단되었을까? 마수드의 팔을 잡고 "여보, 미안해. 내가 서둘러 왔어야 했는데. 내가 잘못했어요."라고 말했다면. 내가 그렇게 대답했다면? 몸을 뻗어 그에게 키스했다면. 그랬다면 과연 달랐을까? 그러면 모든 게, 우리 인생이 달라졌을까? 내가 그랬다면 아마도 마수드는 죽지 않았겠지. 나도 죽어가지 않을 테고. 그럴 가치가 있었을까? 내 자존심을 버릴 가치가? 잘 모르겠다.

"당신이 무슨 상관인데? 난 누구든, 언제든 보고 싶은 사람을 볼 수 있어!"

난 그렇게 쏘아붙였고, 마수드는 내 머리 위로 손을 들었다. 난 아람이 도와주러 나오리라 기대하면서 비명을 질렀다. 하지만 아람은 오지 않았다. 거기 없었다.

*

남자가 여자를 때리는 양상은 다양할 수 있다. 개인적으로 폭력을 경험하지 않은 사람들은 그저 뺨을 맞는 정도로 짐작한다. 벽으로 밀고. 하지만 마수드의 폭력은 그런 수준이 아니었다. 분노는 끝이 없고, 한 번 치밀면 멈춰지지 않는 것 같았다. 또 그 소리, 그 소리를 기록했다면. 체액을 모았다면. 그 냄새. 고함을 질렀고, 별로 말하지 않고 대개 소리만 질렀다. 내 흐느낌, 눈물. 그의 씨근대는 숨소리, 땀. 뜨거운 홍차가 벽지로 날아갔다. 소강상태에서 담배를 피웠다. 그러다 주먹질하는 소리.

대부분 그런 식이었다, 손을 들고 얼굴을 때리면서 시작됐다. 때론 손바닥으로 뺨을 후려갈겼지만 대개는 주먹을 꽉 쥐고 때렸다. 입을 주먹으로 때렸다. 뺨. 이마. 턱 밑. 그때그때 달랐다. 사실 주먹질 한 번으로 충분했다. 보통 그때부터 난 쓰러졌다. 그걸로 만족할 만도 했지만 상황은 그렇게 돌아가지 않았다. 내가 바닥에 널브러지면 마수드는 발길질을 시작했다. 내 다리, 배, 가능할 때는 가슴을 걷어찼다. 난 태아처럼 몸을 말았고, 그는 내 등짝에 달려들었다. 아무튼 머리는 아니었다, 내 기억에는 그렇다. 하지만 가끔 난 기절했다. 처음 주먹질이 너무 세서 나가떨어졌다. 그러면 그가 겁먹었던 것 같다. 냉수를 한 주전자 가져와서 내 몸에 부었다. 그러면서 끝났다. 내가 일찍 정신을 잃는 경우에는 최악의 부분을 피할 수 있었다. 쫓기는 것. 쫓기는 게 가장 끔찍했다. 밤에 옆에서 자는 남자에게 쫓기는 게.

마수드가 발로 차면 난 일어나서 도망쳤다. 제법 자주 그럴 수 있었다. 그는 프로 권투 선수가 아니었다. 사실 부부싸움 외에 싸워 본 적이 없을 것이다. 그래서 뭘 하는지 모른 채 발길질하고 양팔을 휘저었다. 내가 달아나면 그가 쫓아왔다. 한 번은 마수드가 복도에 있는 하키 스틱을 잡더니 그걸로 나를 때렸다. 나를 붙잡아서 양손으로 목을 감싸고, 침대 프레임에 밀어대면서 목조르기 시작했다. 그때 난 죽을 거라고 예상했다. 아람도 그렇게 생각했다. 이 이야기를 듣는 사람들은 궁금할 것이다. '세상에…, 아이는 어디 있었을까?' 뭐, 바로 거기 있었다! 우리 둘 사이에.

마수드는 하키 스틱을 들고 날 쫓아오면서 먼저 아람을 넘어뜨렸다. 일부러 그런 건 아니었다. 그가 쫓아간 사람은 아람이 아니었다. 하지만 아이가 도중에 있었다. 아람은 마수드가 처음 주먹을 휘둘렀을 때 상황을 예상할 수 있었다. 아이가 우리 사이에 섰다. 그가 밀어내자 아람은 바닥에 자빠졌다. 그날, 내가 마수드에게 목이 졸려 죽을 거라고 생각한 그날, 아람이 거기 있었다. 아버지의 팔을 당기고 몸을 밀어냈다. 소리를 질렀다.

"그만해요, 그만!"

하지만 소용이 없자 아이는 달아났다. 난 아람이 뛰어가는 소리를 들었다. 현관문이 쾅 닫혔다. '아람이 도울 사람을 데려올 거야.' 하고 생각했다. 하지만 아무 일도 생기지 않았다. 사방이 암흑으로 변했다. 정신을 차리니 침대에 혼자 누워 있었다. 방이 어두웠다. 아무 소리도 들리지 않았다. 목청을 가다듬으려고, 말을 하려고 애썼다. 마침내 소리를 낼 수 있자 딸의 이름을 불렀다.

"아람! 아람!"

처음에는 속삭였지만 결국 목소리에서 공포가 분출되었다.

곧 현관문이 열리는 소리가 나더니 침실 문이 열렸다. 딸이 고개를 들이밀었다. 곱슬머리가 부스스하고 눈을 동그랗게 떴다.

"나 좀 도와줘."

내가 말하자 아람이 앞으로 나왔다. 아이가 바닥에 주저앉았다. 한 손으로 내 손을 잡고 다른 손으로 내 머리를 쓰다듬었다.

"왜 날 버리고 갔니?"

그게 내가 딸에게 한 말이었다. '다 괜찮을 거야.'가 아니었
다. '엄마가 미안해.'도 아니었다. 어미라면 해서는 안 될 말
을 했다. 그저 화가 치밀었다. 딸에게 부아가 났다.

"왜 날 버리고 갔냐고."

*

그 여름 밤. 아람이 파자마 파티로, 남이 만들어 준 한가한
세계로 도망친 그날. 내가 집에 천천히 걸어가다가 텅 빈 놀
이터에서 그네를 타고, 가진 게 아주 많지도 적지도 않은 이
들이 소유한 연립주택들과 작은 정원들을 쳐다본 그날. 집에
가니 적막이 감돌았고, 남편은 나를 기다렸고, 난 멋대로 지
껄였고, 그는 일어나서 날 때려 눕혔다. 그런데 둘 다 뭔가 놓
친 것 같았다. 우리의 흐름이 깨져 버렸다. 나는 바닥에 자빠
졌고, 그가 내 위에 버티고 섰다. 난 울부짖었다.

"아람을 데려오고 싶어."

내가 말했다. 그러자 마수드도 동의했다.

그가 뭐라고 대꾸했는지 기억나지 않지만, 내가 일어나서
가게 놔뒀다. 난 차에 올라타서 몇 분 운전해서 아람의 친구
집으로 갔다. 초인종을 누른 후 유리창에 비친 내 모습을 처

음 보았고, 순간적으로 내가 무슨 짓을 하나 하는 의구심이 들었다. 화장이 지워지고, 묶은 머리는 느슨해지고 뺨이 빨갛게 달아올랐다. 현관문이 열리자 난 얼른 손을 들어 뺨을 가렸다. 얼굴의 불꽃들을 감추었다. 아이 하나가 문을 열기를 바랐지만 당연히 그러지 않았다. 아이 엄마, 거기 사는 여자였다.

"아, 안녕하세요."

그녀가 머뭇머뭇 인사했다.

"아람을 데리러 왔는데요."

내가 말했다.

그녀는 결정권을 쥔 사람처럼 고개를 저었다.

"어머나, 애들이 아주 재미있게 놀고 있는데요."

나는 침을 꿀꺽 삼켰다.

"알아요. 하지만 애가 집에 가야 해서요."

난 그녀의 표정을 봤다. 아이 엄마는 문간에서 비키려 하지 않았다. 하지만 거부할 입장이 아닌 걸 깨달았다.

그녀가 물었다.

"무슨 일이 있나요?"

난 대답하지 않았다.

"제가 들어가서 아이를 데리고 나와도 될까요?"

그렇게만 물었다.

아이 엄마는 날 쳐다보았다, 아주 오래. 그녀가 날 못마땅

해했는지 아니면 안쓰러워했는지 모르겠다. 아무튼 그녀는 안으로 들어갔다. 즐거운 목소리들이 들리다가 아이들의 대화가 끊겼다. 여자애 다섯이 복도에서 내게로 왔다. 날 빤히 쳐다봤다. 그 어머니와 똑같은 표정이었다. 아니 내 생각이었을까? 하지만 그들이 뭘 알까. 그때 아람이 나왔다. 소지품을 챙긴 백팩을 손에 들고서. 딸은 날 쳐다보지 않았다. 친구들을 보지도 않았다. 그냥 허공에 대고 작별 인사를 하고 밖으로 나왔다. 내 앞을 지나 걸어갔다.

어쩌면 고통은 돌고 돈다. 아마도 난 자신의 고통에 복수하려고 딸에게 고통을 주었던 것 같다.

아람이 어릴 때 난 아이를 차에 태우고 내달렸다. 그것이 딸에게 준 가장 좋은 기억이다. 내 불안 때문에 벌인 일이긴 했지만. 아람은 눈치 채지 못했고, 에너지만 느꼈다. 난 쫓아오는 걸 피하려고 애써 에너지를 짜냈다. 우린 푸른 초원, 울창한 숲, 반짝이는 바다를 지나 달렸다. 작은 섬들에 끌렸다, 그 섬들 가운데 살면서도. 대개 페르시아 음악을 들었다. 구구시. 요한이 운전해서 가족을 만나러 가는 지금처럼. 아람이 요한이 있는 자리에서 그 음악을 틀어놓은 게 내 마음에 든다. 아람이, 내가 줬던 것을 내보이는 게 좋다.

"만 오 토 바 하민 아마 엘라몬 케일리 두레."

우리는 아주 가까이 앉아 있지만 마음은 천리 만리 떨어져 있다. 딸은 어릴 때 내가 노래하면 큰 눈으로 쳐다봤다. 난 아람이 노래를 좋아하는 걸 알 수 있었고, 그래서 더 크게 불렀다. 때로 아람은 스테레오를 끄고 다른 노래를, 카세트나 씨디에 수록되지 않은 곡을 불러달라고 졸랐다. 내 어린 시절의 노래를. 아람은 몇 구절을 알아서 따라 불렀다. 이상한 사투리로 된 가사를 알아듣지 못하면서도 뜻을 알아차렸다. 난 딸의 표정으로 그걸 알았다. 아니면 무의식적으로 나를 흉내 냈던가. 내 상실감, 한을. 그런 것들은 새까만 머리칼처럼 확실히 대물림된다.

차에 타면 보호받는 기분이었다. 금속과 속도에 보호받았다. 우리 모녀가 서로 지키지 않아도 보호받았다. 그리고 음악, 그게 우리를 외부와 이어 주었다. 우리의 고향과 묶어 주었다. 아람도 느꼈을 것이다. 이게 모국의 음악이었다. 이상하지만 난 딸이 반짝이는 섬들보다 그 노래들을 더 가깝게 느낀다고 생각한다. 어쩌면 내가 존재하는 동안은 그럴 것이다. 내가 세상을 떠나면 아람도 마침내 거기서 해방될 것이다. 그제야 자신의 뿌리를 이 섬들과 바다로 옮길 수 있겠지.

하지만 지금은 미드썸머 데이이고, 다른 사람이 차를 운전한다. 아람이 자기 세계에서 찾아낸 사람이. 나는 아무 보호도 받지 못하고 뒷자리에 앉아 있다. 이제 난 모든 것에 붙들렸고, 세상 전부가 내가 달아날 수 있을 만큼 빨리 움직이지 않는다.

우리는 물가에 도착해서 주차한다. 예전에 드라이브가 끝나던 곳이 여기다. 내가 운전했고 물가에 도착할 때까지 달렸다. 차를 세우고 앉아 몇 분간 바다를 바라봤고, 결국 방향을 바꿔 달렸고 다시 물가에 도착했다. 하지만 오늘은 배가 태우고 갈 것이다. 오늘, 세상이 조금 더 멀리 뻗어 있다. 요한의 아버지가 나를 부축해 배에 태우고, 다들 내가 곧 부스러지기라도 할 듯이 쳐다본다. "내 걱정은 말아요." 하고 말하고 싶다. "난 괜찮을 거예요." 하지만 말없이 가만히 있다. 얼마나 내 오장육부가 잡아먹히고 망가지는지, 시시각각 점점 더 짓뭉개질지 생각한다.

모터보트가 그리 빠르지 않겠지만 내게는 빠르게 느껴진다. 꽉 잡고 눈을 감으니 바람이 밀려든다. 살갗을 때리고, 머리에 두른 스카프를 파고들어 대머리를 때린다. 바람과 엔진 소리만 들리고, 그게 좋다. 덕분에 살아 있다고 느낀다. 오랫동안 못 느낀 살아 있는 기분이다.

"고맙습니다."

배가 속도를 늦추자 요한의 아버지에게 말한다.

그에게 의중이 전달되도록 말하려고 애쓴다. 하지만 그는 배를 태워 줘서 고맙다는 인사로 생각한다.

"당연한 일인걸요."

그가 말한다. 그렇게만 말한다. 당연하지요.

똑같이 죽음을 앞둔 사람이 아니라면, 생명에 대한 고마움을 전하는 게 불가능하겠지.

어릴 적 기억 내내 아버지는 병을 앓았다. 가족 가까이, 우리에 끼어 지내려고 부엌에 이불을 펴고 누워 지냈다. 옆에 놓인 쟁반에 늘 불붙인 물담뱃대와 찻잔이 있었다. 아버지는 진통제 삼아 아편을 물담뱃대에 넣어 피웠다. 약도 없고, 불평도 없었다. 나는 자주 옆에 누워 아버지의 이야기를 들었다. 그의 생각을 들었다. 인생에 생각이 많은 분이었다. 내가 제대로 이해하지 못하는 높은 수준의 생각이었다. 그는 수피(이슬람교의 신비주의자_역주)였고, 데르비시(신비체험을 위해 춤추고 외치는 수행자. 탁발승_역주)였다. 그게 무슨 뜻인지 난 몰랐다. 데르비시가 집집마다 찾아가 기도문을 읽어 주고 먹을 것과 잠자리를 얻는 거지인 줄 알았다. 사람들은 아이들을 겁먹게 하려고 데르비시 이야기를 해 주었다.

"밥을 다 먹지 않으면 데르비시한테 잡혀간다!"

난 아버지가 그런 사람일 리 없다고 생각했다.

숙부는 늘 아버지를 철학자로 불렀고, 그게 더 어울렸다는 생각이 든다. 아버지는 인생과 사랑에 대해 말했다. 그를 향한 우리의 사랑과 땅에 대한 그의 사랑. 모래 한 줌을 떠서 모래가 손가락 사이로 빠져나가 땅을 찾아가는 광경을 지켜보는 아름다움. 그런 얘기가 잘 이해되지 않았지만 모래의 이미지가 내 마음을 사로잡았다. 난 자주 문 밖에 쭈그려 앉아서 누런 모래를 퍼서 모래가 땅으로 쏟아지는 광경을 보았다.

"왜 손을 더럽히니!"

나를 보며 어머니는 나무랐다. 아버지에게 들은 얘기 때문이라고 대답하면, 어머니는 눈을 굴리고 문을 쾅 닫았다. 어머니의 세계는 일상 속에 있었다. 요리, 일, 청소. 하지만 아버지의 세계는 전혀 달랐다.

모래가 땅으로 흘러내리는 것은 거기가 자리기 때문이야. 우리는 모래를 퍼서 꼭 쥐고 옮길 수 있어. 하지만 바다 같은 시간이 흐른 후에도, 우리가 모래를 수만 리 떨어진 곳에 가져간 후에도, 모래는 기회가 생길 때마다 다시 땅을 찾을 거야. 그렇게 우리는 태생에 묶여 있단다.

내 인생이 다르게 펼쳐졌다면, 아버지에게 들은 다른 이야기도 기억할 텐데. 그래도 난 그런 얘기를 생각한다.

난 작은 해안으로 걸어가고, 다른 사람들은 선창가에 차린 미드썸머 식탁에 앉아 있다. 흰 모래는 자연스럽지 않다. 다른 곳에서 가져온 것이다, 바다 건너 이 작은 섬으로. 나는 다리를 뻗고 앉아 빨간 발톱을 모래 밑으로 묻는다. 가만히 모래를 한 줌 떠서 거머쥐고 손에 힘을 준다. 어쩌면 저항할 수 있다. 사물을 원래 자리가 아닌 곳에 밀어 넣을 수도 있다. 허공에, 내 손에 있는 모래. 모래를 꼭 쥐니 손에 쥐가 난다. 신음하면서 손을 푼다.

"별일 없죠?"

선창에서 아람이 소리친다.

나는 고개를 끄덕인다. 모래는 땅으로 흘러내렸다.

여기는 섬, 요한의 가족 소유지다. 바다에서 작은 땅이 곧게 뻗어 있고, 그들이 주인이다. 감탄스럽다. 여기로 옮겨 온 해변의 모래 외에 섬에 있는 모든 게 튼튼하고 단단하다. 아무엇도 흔들릴 수 없을 것 같다. 섬 전체에 나무들이, 하늘을 찌르는 나무들이 있다. 줄기가 얼마나 굵은지 시야를 가린다. 나무들이, 평온 속에 있는 것들이 감탄스럽다.

오솔길을 걸어가면 바닥에 뿌리들이 서로 엉켜 뻗었다. 손으로 뿌리들을 만진다. 들어 올릴 수 없다, 억지로 다른 데로 옮길 수도 없다. 이 뿌리들은 누구의 손가락 사이로도 미끄러지지 않고, 땅에 떨어져 다시 고향을 찾지도 않을 것이다. 그것들은 이미 거기 있고, 언제나 그럴 것이다. 미드썸머 파티 테이블에 둘러앉은 사람들을 내다본다. 속으로 중얼댄다. 나는 모래의 족속이야, 저들은 뿌리의 족속이고.

내가 학교에 갈 나이가 되자 어머니는 마리암의 집에 가서 살라고 말했다. 큰언니는 세 시간 거리의 작은 마을에서 학생들을 가르쳤고, 난 그녀의 반에 들어가서 공부할 터였다. 저녁이면 집안일을 거들어야 했다. 요리, 청소, 그런 집안일.

어머니가 거기로 보낸 생각을 하면 아직도 화가 치민다. 나를 보내 언니에게 짐을 지웠다. 화가 나는 건 나를 이용했기 때문이다. 도구처럼. 나를 본연의 가치가 있는 존재로, 소중한 존재로 대접하지 않았다.

마리암은 그해 여름 결혼했다. 그 남편의 이름도 마수드였다. 운명의 아이러니였다는 생각이 든다. 자유인인 남자들은 우리 집안 딸들처럼 많지 않았다. 그래서 우린 망나니들과 엮이기 십상이었다. 형부도 언니처럼 교사였고, 한 살 연하였다. 거기서 문제가 시작됐을 것이다. 언니가 남편보다 뛰어났다. 둘 다 수학 과목 담당 교사였는데, 언니의 실력이 더 뛰어났다. 대인관계도 더 좋았다. 마수드는 늘 사람들과 부딪쳤고, 언니가 끼어들어 중재해야 했다. 게다가 마리암은 자부심 강하고 강인한 미인이었다. 모든 걸 가진 여성은 스웨덴에서도 수모를 당하기 마련이다. 마수드는 그래서 그녀를 끌어내렸다. 저녁에 일하지 못하게 막았다. 마리암은 요리하고 집안을 돌보고, 그의 옷을 세탁해야 했다. 마수드가 일하는 동안 마리암은 옆에 앉아 남편의 셔츠에 난 구멍을 꿰매고 구두를 닦아야 했다. 그런 식이었다, 딱 그랬다. 그래서 그의 시중을 드는 걸 내가 도와야 했다. 마수드가 고함을 지른 후 언니가 주방으로 물러나면, 내가 옆에 있어 줘야 했다. 일종의 방패막이었다. 적어도 그들은 내가 방패가 되리라 생각했다.

교사가 저녁에 일을 못 하다니 말이 안 됐다. 마리암은 시험지를 채점하고 과제물을 준비해야 했다. 그래서 남편이 잠든 후 살그머니 침대에서 나와 침실에서 떨어진 곳, 주로 현관 복도에 침침한 불을 밝혔다. 거기 종이더미를 앞에 놓고 앉았다, 코에 안경을 걸치고 입에 펜을 물고서. 상투처럼 틀어 올린 밤색 머리, 긴 목, 촘촘한 속눈썹이 흐릿한 불빛 속에서 요정 같아 보였다. 기막히게 아름다웠다. 너무도 아리따운 여인이었다.

나는 거실에 요를 펴고 감시견처럼 누워 있었다. 전 장면이 내 눈앞에서 펼쳐졌다. 언니가 남편을 따라 침실로 들어갔다. 운수 좋은 날은 둘이 나직하게 몇 마디 나누고 조용해졌다. 몇 분 후 형부가 코를 곯았다. 침대 스프링이 삐걱대는 소리. 언니가 까치발로 내 옆으로 다가왔다. 주방에 들어가 찬장에서 숨겨 둔 가방을 꺼냈다. 필요한 물건을 챙겼다. 자리를 잡고 앉았다. 그리고 내 쪽을 쳐다보면서 윙크했다.

"이제 자거라, 아지쟘."

내 사랑.

나는 미소 지으면서 키스를 날렸다. 눈을 감고, 펜이 종이에서 미끄러지는 소리를 듣다가 잠들었다.

그러다 모든 게 변했다. 전부 바뀌었고 내 잘못이었다. 그해 겨울은 한파가 몰아쳤고 우린 눈과 추위에 익숙하지 않았다. 어느 날 학교에서 집에 오니 열이 오르고 온몸이 흔들릴 정도로 기침이 나왔다. 일곱 살인 나는 나뭇잎처럼 가냘팠지만 어머니와 멀리 떨어져 있었다. 골칫거리가 되기 싫어서 거실 구석의 이부자리에 들어가서 가만히 있으려고, 소리를 내지 않으려고 애썼다. 그런데 몸뚱이가 펄펄 끓고 부들부들 떨려서, 눈에 띄지 않을 수가 없었다. 퇴근한 형부의 눈에 처음 들어온 게 나였던 것 같다. 땀범벅이 되어 벌벌 떠는 모습. 그는 내가 거기 있는 게 못마땅했다.

청결에 심하게 유난을 떠는 사람이었다. 막 손을 씻지 않은 사람과 악수도 거부하는 위인이었다. 그는 마리암에게 과일과 야채를 비누로 씻게 했다. 그녀는 매주 금요일, 러그들을 들어내 햇빛 속에서 털어야 했다. 매일 밤과 매일 아침 욕실을 청소했다. 마수드는 가끔 욕실 문을 열고 머리를 들이밀고 검사했다. 그러고 나서 언니의 이름을 외쳤다.

"마리암!"

그 보드라운 이름을 그리도 사납게 부르다니. 그는 검사할 때마다 못마땅했다.

사실 마수드는 내가 거기 사는 걸 달가워했다는 생각이 든다. 그는 아내가 주방에서 어린아이와 나란히 있는 걸 보는 게 좋았다. 하지만 내가 아프니, 형부는 내가 같이 있는 걸 싫어했지만 난 달리 갈 데가 없었다. 그게 언니에게 스트레스인 걸 알 수 있었다. 마리암은 나를 욕실에 집어넣었다. 온수가 끊길 때까지 틀어놓고, 뜨거운 김 속에 있으라고 말했다.

"그러면 폐에 좋아."

마리암이 말하고 욕실에서 나갔다. 하지만 나를 남편의 눈에 띄지 않게 할 의도임을 난 간파했다.

"애가 나한테 병을 옮길 거야, 마리암. 이러면 곤란하다고."

나는 욕실에서 작은 플라스틱 의자에 앉아 부부의 대화를 들었다.

"걱정 말아, 마수드. 딱 하룻밤이야. 아무것도 만지지 못하게 할게요. 금방 지나갈 거야."

"내가 내 집에서 쉴 수도 없는 거야? 내 집에 들어앉아 세균 나부랭이나 걱정해야겠어?"

"아직 아이니 이러지 말아요. 우리한테 해가 없을 거야, 지나갈 거라고."

"이제 저녁 식사도 늦는군! 애를 붙들고 있으니까 그렇지. 애는 도우라고 여기 있는 거야!"

"제발. 물론이지. 나를 도와주는걸. 내일은 일을 거들 거예요. 아무 문제도 없어요."

침묵이 흘렀고, 난 마리암이 종종대며 주방으로 가는 걸 알았다. 스토브 앞 카펫에 주저앉은 언니를 상상했다. 노파처럼 몸을 앞뒤로 흔들며 냄비를 저으리라. 불안감 때문에. 마리암은 안절부절못했다. 명령이 떨어지길 기다리는 사람 같았다, 불호령이 떨어지기를. 그녀의 이름이, 힐난하듯 이름을 외치는 소리가 날아들기를. 그게 아니면, 그녀는 알았다. 아마도 그날 밤 사달이 날 줄 예상했다. 일이 터지자 나만 놀랐다.

욕실에 온기와 수증기가 없어지기 시작했지만 난 감히 움직이지 못했다. 그대로 앉아 있었다, 덜덜 떨면서. 형부가 종이를 넘기는 소리가 들렸다. 언니가 카펫에 식탁보인 방수포를 까는 소리가 났다. 접시와 포크를 내려놓는 소리. 그들이 앉아서 식사를 시작하는 기적이 들렸다. 난 언니가 데리러 오지 않을 줄 알았다. 손톱이 파랗게 질리고 기침이 가슴팍을 파고들었다. 물을 틀었다. 다시 온수가 나오기를 바랐지만 여전히 차디찼다. 수도를 잠그고 주저앉았다. 온몸이 떨리고 열이 나서 머리가 빙글빙글 돌았다. 어떻게 해야 될지 몰랐다. 집에, 엄마에게 돌아가고 싶은 마음밖에 없었다. 집에 가서 부엌 바닥에, 아버지 잠자리 옆에 누워 이야기를 듣고 싶었다. 아버지가 들려주는 땅과 사랑에 대한 이야기. 사랑 이야기.

언니한테 화가, 부아가 치밀던 기억이 난다. 그 감정에 휩싸였던 기억이 난다. 발딱 일어나 욕실 문을 열었다. 알몸으로 기침을 하면서 뛰어나왔다. 마리암과 마수드 모두 접시를 든 채 놀라서 올려다보았다. 내 발칙한 행동에 다 같이 충격에 빠졌던 것 같다. 우린 서로 쳐다보았고 아무도 입을 열지 않았다. 난 거실 구석에 있는 내 서랍으로 달려갔다. 그들에게 등을 돌리고 서서 수건을 꺼내고 옷가지를 찾으려고 했다. 기침이 나와 눈에 눈물이 차올랐고, 난 아무 말도 하지 않았다. 그 순간, 그런 짓을 저지른 두려움에 얼어붙어 나만의 안개 속에 서 있었다.

등 뒤에서 침묵만 이어졌다. 적막과 침묵. 그러더니 형부가 일어나면서 수저를 접시에 던지고 현관 복도로 나가는 소리가 났다. 그는 코트를 걸치고 문을 쾅 닫고 나갔다. 나는 감히 돌아보지 못했다. 떨리는 손으로 바지를 입었다. 머리부터 긴팔 티셔츠를 내려 입었다. 서랍장 옆에 있는 둘둘 말린 요를 꺼내고, 맨 아래 서랍에서 담요와 베개를 꺼냈다. 잠자리를 만들고 누워서 계속 언니에게 등을 돌리고 있었다. 마리암은 자리에서 일어나지 않았다. 아무 소리도 내지 않았다. 난 창피했다. 언니에게 저지른 짓이 부끄러웠다. 내게 선택의 여지가 없었다는 걸 알았지만, 언니도 마찬가지라는 걸 깨달았다.

졸다가 몇 시간 후 "쾅쾅" 소리에 정신을 차렸다. 냉큼 일어나 앉았다. 방은 어두웠다. 이제 "쿵" 소리가 나더니 다시 "쿵" 했다. 침실에서 나는 소리였다. 달려가서 문에 귀를 대고 들었다. 연달아 낮게 소리가 터졌지만 그 소리만 들렸다. 탁탁 소리와 깊은 숨소리. 헉헉 소리. 조심스럽게 문을 밀고 열린 틈으로 보았다. 마리암이 내 쪽으로 등을 돌리고 바닥에 쓰러져 있었다. 마수드가 그 위에 서서 연약한 배를 발로 힘껏 찼다. 언니는 소리 없이 가만히 누워 있었다. 난 비명을 지르고 싶었지만 참았다. 가만히 문을 닫고 내 요로 가서 누웠다. 베개에 얼굴을 묻고 기침을 했다. 나는 언니가 죽었다고 확신했다. 마수드가 마리암을 죽였고, 어쩌면 다음은 내 차례였다.

1분 후 침실 문이 벌컥 열렸고, 난 형부가 지나가는 소리를 들었다. 그는 현관 복도로 걸어가더니 밤 속으로 사라졌다. 재빨리 일어나 달려가서 언니 옆에 몸을 던졌다.

"마리암, 마리암. 언니!"

언니는 대답하지 않았다. 눈을 감았고, 뺨은 울긋불긋하고 파랬다. 잠든 아기가 숨 쉬는지 확인할 때처럼 코 밑에 손가락을 댔다. 처음에는 아무 느낌도 없었지만 그러다 숨결이 느껴졌다. 약하지만 훈기가 있었다. 언니는 살아 있었다. 나는 다시 일어나서 주방에 가서 찬물을 한 그릇 뜨고, 고리에서 행주를 빼냈다. 거실에서 머뭇거렸다. 현관문을 잠가야 된다고, 우리의 평온을 지켜야 된다고 생각했다. 잠시만이라도. 하지만 마수드의 성난 모습이 너무도 생생했다. 감히 문을 잠그지 못했다. 대신 언니에게 달려갔다. 행주를 찬물에 적셔서 마리암의 이마, 뺨, 눈을 닦았다. 내 뜨거운 얼굴에서 흐른 땀과 목덜미를 타고 흘러내린 눈물이 찬물과 섞였다.

"눈 좀 떠봐. 제발, 언니. 눈 좀 떠봐."

내가 속삭였다.

결국 가까스로 언니는 정신을 차렸다. 그 예쁜 초록 눈으로 날 올려다보았다. 하염없이 서로 바라보았다. 그러다가 언니가 내 손에서 행주를 빼앗아 그릇에 담갔다. 신음하면서 팔을 들어 내 뜨거운 이마를 닦아 주었고, 난 언니 옆에 몸을 웅크리고 누웠다. 우리 자매는 날이 새도록 그렇게 누워 있었다. 둘 다 자지 않았다. 그저 딱 붙어 누워서 앞만 쳐다봤다, 경계하면서. 그가 돌아오기를 기다리면서.

새해 명절 기간에 집에 돌아가서 아버지에게 마리암과 형부의 일을 말했다. 그가 얼마나 아내를 괴롭히는지 일렀다. 또 언니가 더 조심하는 정도로만 대처한다는 것도 말했다. 난 아버지가 언니를 타이르기를 바랐다. 맞고함치라고 말하기를, 당하고 있지만 말라고 당부하기를 바랐다.

　난 카펫 위에서 아버지의 무릎을 베고 누웠고, 그는 물담배를 손에 들고 천천히 비틀었다.

　"사랑받는 것보다는 사랑하는 게 더 숭고하단다, 아가."

　어이가 없어서 아버지를 쳐다보았다. '겨우 이거야? 아버지가 우리 명예를 지켜 줘야 되는 거잖아? 마리암을 지켜 줘야 되잖아?'

　아버지는 스토브 앞에 선 어머니를 힐끗 보았고, 난 아직 어렸지만 눈치 챘다. 어머니의 뻣뻣하고 가냘픈 등. 웃음기 없는 얼굴. 아버지가 아내를 사랑하지만 사랑받지 못하는 걸 난 알아차렸다. 그제야 알았다. 난 사랑받고 싶다는 것을, 매 순간 사랑받는 걸 느끼고 싶다는 것을. 사랑하는 일, 그건 노력해도 실망만 남는 짓거리였다.

어느 날 아람이 신문기사를 보여 준다. 난 눈을 굴린다. 사실 제 아빠와 나누고 싶은 얘깃거리다. 하지만 여기 나만 있으니 별수 있나. 나만 남았으니. 게다가 곧 곁에 아무도 없게 된다. 딱한 것 같으니.

어쩌다 우린 딸에게 이런 꼴을 보이게 됐을까. 우리의 세상 전부였던 어린 것에게, 사라져 버린 세계를 대신해 줄 아이에게. 우리가 알았더라면 어땠을까? 이렇게 끝날 줄 미리 알았더라면? 우리가 아이를 뿌리와 가족들에게서 떼어 내 멀리 데리고 와서는 죽으리란 걸 알았더라면. 아이를 두고 가리란 걸. 딸을 조국이 아닌 곳에 혼자 남겨 둘 걸 알았더라면. 여긴 아람의 모국이 아니다. 아무리 스웨덴 사람처럼 변하더라도. 여기에는 아람을 보살필 사람이 없다, 우리가 곁에서 보살피듯 챙겨 줄 사람이 없다. 우리가 딸에게 이런 짓을 저질렀다.

이제 뭐가 더 가치 있을지 의구심이 든다. 자유와 민주주의일까, 아님 사랑하는 사람들일까. 내가 죽은 후에도 내 새끼를 챙겨 줄 사람들.

신문기사는 어느 죽은 사람의 이야기다. 그걸 알자 부아가 치민다. 이 아이는 왜 나한테 그딴 걸 보여 줄까? 왜 날 보호하려고 애쓰지 않을까? '난 죽고 싶지 않아!' 아람에게 빽 소리치고 싶다. '대체 나한테 죽음 얘기를 보여 주는 속셈이 뭐냐?'

키아로스타미(《체리 향기》 등을 연출한 이란 영화감독_역주)에 대한 기사다. 영화감독. 마수드의 우상. 나랑 똑같은 암 환자. 어쩐지 위로가 된다. 아람에게 말하지 않지만 그게 처음 든 생각이다. 나 혼자만 머리카락 없이, 내 몸이 아닌 몸뚱이로 위엄 없이 죽음과 대면하는 게 아니다. 재능이 있어도. 명성이 있어도. 부가 있어도. 암과 마주서면 너나없이 똑같다.

아람이 말한다.

"모든 게 너무 불쑥 끝나버리는 데 대한 마음의 준비가 없었어요."

거친 목소리다. 진정하려고 애쓰는 기색이 역력하다. 감정을 밀어내려고.

"우리한테 시간이 더 있을 줄 알았어요. 더 오래오래 있다가 끝날 줄 알았어요. 모두 떠나버리기까지 긴 시간이 있을 줄 알았거든요. 모든 게……. 결국 다 괜찮을 줄 알았어요, 엄마. 좋게 마무리될 줄 알았어요. 아빠에게도, 엄마에게도."

이제 아람은 울고 있다. 잠잠한 울음이 아니라 아이처럼 운다. 흐느끼고 콧물을 줄줄 흘리면서 운다.

"왜 이렇게 끝나야 되는지 이해가 안 돼요! 우린 왜 좋게 못 지냈는지. 왜 평온을 누리지 못했는지. 아빠는 얼마든지 더 좋아할 만했다고요! 난 아빠가 더 만족해도 된다고 생각했어요! 그런데 이제 떠나고 말았어요."

아람이 소파에 엎드려 팔에 얼굴을 묻는다. 내가 얼른 다가간다. 딸아이의 머리칼을 쓰다듬는다.

"시원하게 울어라. 한바탕 울어버려. 그것 말고 뭘 어쩌겠니. 울어, 크게."

아람의 몸이 이완되는 게 느껴진다. 마음에 담고 산 것들을 일부나마 풀어 놓는다. 딸의 마음이 열린다. 나는 계속 머리칼을 쓰다듬는다.

"왜 모든 게 사라지는지 모르겠어요, 엄마. 왜 모두 사라지는지. 이해가 안 돼요. 이걸 어쩌면 좋을지 모르겠어요. 아무것도 남지 않을 거예요. 꼭 내가 허공에 붕 떠 있는 것 같아요. 왜 모든 게 계속 사라져야 되는지 도통 알 수가 없어요."

나는 딸의 머리에서 손을 뗀다. 의도적으로가 아니라 계속 머리에 손을 올리고 있지 못할 것만 같다. 난 아람이 울기 바란다. 애통해하기 바란다. 딸이 나를 애도하면 좋겠다. 자기 연민에 빠지지 않으면 좋겠다. 자기 운명을 서글퍼하면 안 되는데. 아람은 우리가 피땀 흘린 결실의 수혜자다. 우리가 많은 걸 잃고 대가로 얻은 결실의 수혜자다. 딸은 우리가 소망한 모든 것을, 당연시했던 모든 것을 누린다. 자유. 가능성. 삶. 아람은 살아야 되는 사람이다. 그런데 지금 자신을 가엾어한다.

딸에게 말해 주고 싶다. 뭐든 사라지기 마련이지. 온 세상. 모든 사람들. 너는 전쟁에서 태어난 아이야. 우린 난민이야. 넌 그걸 알아야 해. 그게 남들의 일인 줄로만 알았니? 우린 거기서 빠질 걸로 생각했어? 그게 피할 수 있는 일인 줄 알았어? 역사책을 읽어 봐! 인생무상이지. 뭐든 사라지고 세상은 다른 세상이 되는 거야. 그게 네가 나온 뿌리야. 바로 네 혈관에서 흐르는 피지. 몇 세대가 지나야 다른 걸로 대체될 거야. 수천 년의 전쟁, 저항, 혼돈의 세월 이후 몇 세대가 지나야 스웨덴의 평화가 들어서지. 스웨덴의 무상함이.

"그게 이치지."

간단히 말한다. 쌀쌀맞은 말투지만 그냥 말해버린다.

"내가 기억하는 한 모든 게 사라졌어. 네가 살아 있는 동안 같은 경험을 할 게다."

*

하지만 아람이 돌아간 후 나는 기사를 손에 들고 창가에 선다. 인터넷 기사다. 아람은 기사를 프린트해서 여기 가져왔다. 딸은 기사 내용을 두고 나와 대화하고 싶었다. 나한테 위안을 얻고 싶었겠지. 키아로스타미가 죽었으니까. 손에 든 기사를, 뭉개진 이미지를 본다. 글을 읽는다. 영어로 된 글이지만 이해가 된다.

　　나무는 땅에 뿌리를 내린다. 다른 자리로 옮기면 나무에 과실이 열리지 않는다. 내가 모국을 떠났다면 나도 나무 같을 것이다.

배를 주먹으로 맞은 것 같다. 난 몰랐다. 그런 줄 모르고 살았다. 그렇게 된다는 걸 몰랐다. 사라질 게 너무 많다는 것을. 지금 난 딸이 알아야 된다고 생각하지만, 나 자신은 아주 오래 몰랐다. 이제야 이해가 된다.

나는 아파트에서 창가에 서 있었다. 어두웠고 바깥은 추웠다. 암에 걸리기 전이었다. 이런 상황이 시작되기 전이었다. 그런데 돌이켜 보니 그때도 불행하다고 느꼈다. 어깨에 재킷을 걸치고 양손으로 찻잔을 감싸고, 어둠 속에서 가슴을 들먹이며 숨을 쉬었다. 한 번, 또 한 번. 고른 숨결이었다.

옆쪽 창턱에 올려둔 휴대폰이 울렸다. 아람이었다. 전화를 받지 않기로 했다. 잠깐 더 이렇게 있고 싶었다. 차를 마시면서. 수면제를 먹고 잠자리에 들리라. 내 세상에 머물고 싶었다. 또 전화를 받기 싫었다, 정말 그랬다. 아람이 전화하면 가끔 그런 기분에 잠긴다. 받고 싶지 않다. 딸에게 나와 연락했다는 만족감을 안겨 주기 싫다. 딸이 지금보다 내 생각을 더 많이 하면 좋겠다. 저녁 내내 아람의 머릿속에 있고 싶다. 내 안부를 궁금해하면 좋겠다. "다시 엄마에게 전화해야 해." 이렇게 생각하길 바란다. 그래서 처음에 전화를 받지 않았지만 아람이 다시 전화했다. 전화기를 쳐다보면서 보이스 메일로 넘어가기 직전까지 두었다. 그러다 마지막 순간에 전화를 받았다. 덜거덕대는 지하철 소리가 들렸다.

"시끄럽지 않을 때 전화해라!"

그게 내 첫마디였다.

아람은 말이 없었다. 내 말을 듣고 전화를 끊고 싶었겠지. 말투를 듣고. 내 표현을 듣고. 내게 아무 도움도 받지 못하겠다고 짐작했겠지.

"여보세요, 여보세요. 안 끊었니? 말소리가 안 들리는구나."

아람은 다시 말을 붙여 보기로 결정했다.

"끔찍한 일이 생겼어요, 엄마."

딸이 말했다.

왜 그랬는지 몰라도 그 말을 듣고도 마음이 움직이지 않았다. 그러지 말아야 했는데. 걱정했어야지. 겁을 먹었어야지. 어떤 반응을 보였어야지. 그런데 그러지 않았다. 아무것도 하지 않았다.

"그래, 뭔데?"

지하철이 덜컹대는 소리만 들렸다. 그래서 다시 말했다.

"내일 얘기하자. 내가 내일 전화하마."

난 전화를 끊었다. 다시 어둠 속을 내다보았다. 호수 너머를, 숲속을. 뭐가 그렇게 끔찍한 일이 있을 수 있을까? 그런 일은 없었다.

창문을 닫고 침실로 가려는데 아람이 다시 전화했다. 내가 한숨을 쉰 기억이 난다. 눈을 굴리고. 하지만 다시 전화를 받았다. 그랬다. 더 기분 상할 말을 해 줄 작정이었겠지. 그런데 그럴 짬이 없었다.

"아빠가 돌아가셨어요. 세상을 떠나셨어요."

아람은 잠잠한 터널 속에 있었을 것이다. 메아리 같았다. "아빠가 돌아가셨어요. 세상을 떠나셨어요." 아람이 다른 말도 했는지 모르겠다. 내가 다른 말을 했는지도 모르겠다. 기억나지 않는다.

다만 이런 생각을 했다는 건 안다. '우리는 탈출하지 않았어. 우린 탈출한 게 아니었어. 죽고 싶지 않았지. 우린, 그저 죽고 싶지 않았을 뿐이야.'

그 아이가 방에 있는 걸 안다. 나를 찾아냈다는 걸 안다. 이웃이 아람에게 전화해서 내가 앰뷸런스에 실려 갔다고 날 알렸겠지. 아람은 사방 군데 응급실에 전화했을 테고. 그래서 날 찾아냈고 여기 와 있다. 난 눈을 뜰 기운이 없지만 딸이 침대 끄트머리께 앉은 걸 안다. 스툴에 앉아 몸을 숙이고 있다. 아람은 등받이 없는 딱딱한 의자에만 앉는다. 등을 기댄 적이 없다. 그렇다, 딸이 스툴에 앉아 몸을 숙이고 날 지켜본다.

밖에서 새들이 지저귄다. 따스한 바람이 열린 창으로 들어와 내 몸을 스친다. 아람은 탱크 탑과 통바지, 하이힐 차림이다. 바닥에 구두 굽 부딪치는 소리가 들린다. 가만가만 얌전히 발을 움직여도 어쩔 수가 없다. 초조해서 안절부절못한다. 딸은 내가 더 살기를 바라지 않는다. 내가 이대로 끝내고 죽기를 바란다. 다 지나가기를. 그래서 고통이 끝나기를. 내게도, 본인에게도.

나는 왜 그냥 죽지 못할까? 그러고 싶은데. 몸이 무감각하다. 움직이려고, 돌아누우려 해도 몸이 말을 안 듣는다. 아람이 일어나는 기척이 들린다. 철제 스툴이 바닥에 "끼익" 하고 밀린다. 아람은 내가 움직이는 걸 감지한다. 내 손을 잡는다.

아람이 말한다.

"엄마. 엄마, 제가 왔어요. 제가 여기 있어요, 엄마. 두고 가지 않을 게요."

떨리고 갈라지는 목소리다.

"엄마. 엄마. 엄마."

아람이 침대 옆 바닥에 주저앉아 내 손을 덥석 잡는다.

조용조용 노래하기 시작한다.

"만 오 바 코데트 베다르, 만 바 라프탄 하제람(당신의 동행이 되는 것은 너무나 멋져요. 나를 데리고 가줘요, 함께 간다고 약속할게요.)……."

또 구구시(〈함사파르 동행〉의 한 소절_역주) 노래다. 난 손을 꼭 쥐어 주려고 하지만 움직여지지 않는다. 말을 듣지 않는다. 힘없이 가만히 늘어져 있다. 아람의 손 사이에 끼어 이미 죽었다.

노래를 멈추라고 하고 싶다. 그 노래는 부르지 말라고. 넌 죽지 않는다고. 나를 따라가지 않을 거라고. 아람은 살 것이다, 오래오래 살겠지. 딸에게 그걸 알려 주고 싶다. 만약 그걸 모르면 모든 걸 잃고 만다. 아람이 조용해진다. 아니면 내가 잠들거나.

눈을 뜨니 창문에 빗발이 들이친다. 새 날이겠지. 아람은
헐렁한 스웨터를 걸치고 운동화를 신고 앉아 있다. 맨 얼굴에
머리를 대충 틀어 올렸다.

"왜 꼬락서니가 그러니. 엄마를 위해 제대로 입으면 안 되
니?"

내가 갈라진 소리로 말한다.

아람이 웃음을 터트린다, 짧게. 우스울 게 있을까마는 달
리 반응할 수도 없으니 뭐. 아람이 간호사를 호출하고 내 옆
에 앉는다.

"기분이 어떠세요, 엄마?"

목구멍에 걸린 덩어리가 터질 것 같다. 비명을 지르고 싶
다. 비명을! 도와달라고. 뭐든 나를 여기 데려온 일에 대해 털
어놓고 싶다. 그냥 악쓰고 싶다. 그런데 입이 말라서 그럴 수
가 없다. 고개를 젓는다. 아람이 내 손을 꼭 쥔다. 그 아이는
시선을 돌려 빗물이 들이치는 창밖을 본다. 비가 들이친다.

항암 치료 중이다. 이게 사람을 잡는다. 고열이 나고 감염
같은 게 된다. 정맥주사로 항생제가 혈액 속으로 들어간다.
항생제 외에 또 뭐가 들어가는지 누가 알까. 튜브들을 줄줄이
매달고 누워 아무것도 모르겠다. 아무것도 할 수가 없다.

"나도 간호사예요."

간호사가 혈압과 맥박을 재러 들어오자 내가 말한다. 내

멍들고 흉 진 팔에 바늘을 찌르는 사람에게 그 사실을 알려주고 싶다. 내가 이런 처치에 대해 안다는 걸 간호사가 알면 좋겠다. 나도 똑같다는 것을. 그녀의 간호를 받는 여느 피해자나 가련한 인간과 다르다는 것을. 간호사가 생긋 웃는다.

"그러시군요!"

그녀는 그렇게만 대꾸한다.

도구들을 모으고, 휘파람을 불면서 카트를 밀고 나가며 손을 흔든다.

"곧 주치의가 오실 거예요."

아람은 간호사의 등 뒤를 멍하니 본다. 딸은 오래도록 휘파람을 불지 못할 것이다. 내가 아람까지 끌고 침몰하고 있다는 생각이 머리를 스친다.

"간호사가 데이트가 있나 보네."

내가 말한다. 즐거워 보이려고 애쓴다. 아람이 놀라서 내게 고개를 돌린다. 잠깐 지나서야 마주 웃는다. 같이 웃으면서 내 미소가 진심이라고 느낀다.

"여기 전립선암 환자인 미남 노신사가 있는데 나랑 커피를 마시고 싶대."

아람이 웃음을 터뜨리고, 그 소리에 내 뱃속에 설렘이 생긴다.

"복도에서 미카엘 페르스브란트를 닮은 사람을 봤어요. 대머리 페르스브란트예요."

아람이 내게 눈을 찡긋한다.

"진짜가 나타날 때까지 기다려 보련다."

한동안 서로 미소 지으면서 앉아 있다. 꼼짝 않고, 한 마디 말도 없이. 천치 커플처럼 서로 웃다가 결국 난 지쳐서 몸을 돌린다.

*

크리스티나가 수심어린 표정으로 들어선다.

"화학요법 치료를 중단해야겠네요."

의사가 말한다.

"그게 무슨 뜻이에요? 그 대신 뭘 하게 되는데요?"

아람이 묻는다.

크리스티나가 대답한다.

"아무것도요. 현재 환자분의 몸 상태가 치료를 받을 수 있는 수준이 아니어서요."

"그러면 어머니가 치료를 못 받으시는 건가요? 암이 마구 퍼지면요?"

"그럴 위험이 존재하죠. 하지만 중단하지 않으면 항암 치료 때문에 돌아가실 거예요. 정말 속상하네요."

의사가 말한다.

크리스티나는 우리를 두고 나가고, 빗방울이 더 세게 들이

친다. 우린 멍하니 창을 응시한다. 분노가 유리에 탁탁 부딪친다. 마구 때린다. 아람은 손에 펜을 들고 작은 책상에 앉아 있다. 뭔가 긁적인다. 그림을 그리는가 싶지만 내 귀에는 긁는 소리만 들린다.

"그만해!"

내가 말한다. 아람이 놀라서 물끄러미 쳐다본 걸 보면 내가 소리를 지른 모양이다.

"여기 있는 게 그렇게 지루하면 그만 가도 된다."

아람의 검디검은 눈망울, 아이처럼 날 바라본다. 상처 받아 잔뜩 긴장한 아이. 내 새끼.

"가봐라. 그게 최선이야. 고단하구나. 자야겠다. 가."

아람은 마비된 사람처럼 가만히 앉아 있다.

"내일 시간이 되면 만나자. 여기서 할 일이 없어. 너도 들었잖아."

아람이 얼른 소지품을 꾸린다. 가고 싶어서, 여기서 풀려나고 싶어서 안달했음이 분명하다.

"바쁘니?"

내가 묻자 아람은 굳는다.

"제가 여기 있을까요, 엄마? 원하시면 여기 있을 게요."

나는 생각한다. '거짓말을 하네. 진심이라면 가려고 하지도 않았겠지.'

남은 시간을 그 병원에서 낭비한 기분이다. 열이 40도인데 어떤 처방도 효과가 없었다. 환각에 빠졌다. 그런 게 환각일 것이다. 환각. 어떤 환각이든 간에. 누구나 늘 환각에 빠져 살지 않던가? 세상을 자신의 뿌연 필터로 바라보니까. 우리가 진짜를 경험한 적이 있을까? 정말 진짜.

암. 그건 진짜다. 하지만 동시에 아니기도 하다. 애당초 왜 항암 치료를 시작했을까? 의사에게 죽는다는 말을 들은 마당에. 왜 그냥 돈을 빼서 도망치지 않았을까? 꽤 멀리 가서 호화롭게 살 수 있었을 텐데. 아람을 데려갈 수도 있었는데. 둘이 하와이에 가서 긴 소파에 누워 칵테일을 진탕 마시고 매일 마사지를 받아도 좋았으련만. 뉴욕에 가서 5성급 호텔에 투숙할 수도 있었고. 라스베이거스에 가 카지노에서 도박을 할 수도 있었고. 마지막이 다가오면 아람에게 작별을 고하면 됐을 텐데. 딸을 집에 보내면 됐는데. 포옹하고 입맞추고. 내 정신, 기운이 말짱한 상태로. 그런 다음 뚜껑 열리는 중고차를 사서 텍사스로 내달려 사막으로 들어가는 거지. 산을 발견해서 정상까지 차를 모는 거야. 낭떠러지에 걸터앉아 브랜디 한 병을 다 마시고 담배 한 갑을 피우지. 그런 다음에 차에 올라 가속페달을 쭉 밟으면서 양팔을 공중에 들고 소리치면서 내달리는 거야. 차가 땅 위로 솟아 허공에 떠 있겠지. 난 허공을 날아가. 비명을 지르면서 날고, 인생이 가장 아름다운 순간에 끝나는 거야.

얼마든지 그럴 수 있었는데. 녹초가 되도록 누릴 수도 있었다. 성에 차도록 살 수 있었다. 그렇게 끝낼 수 있었다. 그런데 난 기회를 놓쳤다.

의사들이 말했다.

"암에 걸렸네요. 돌아가실 겁니다."

그래서 난 남은 생을 쥐어짜서 사는 대신 죽음과 싸우기로 결심했다. 왜 이 길을 선택했는지 모른다. 하지만 다시 기회가 주어진대도 같은 선택을 할 것이다. 난 그걸 안다. 제대로 못 사는 것보다 죽는 게 더 두렵다. 늘 그런 식이었다는 생각이 든다. 그게 바로 조사실에서의 나였다. 그런 이유로 모든 것을 배반했다. 그 모든 걸 배반하고 배반자가 되었다. 이 병실에 있는 나도 마찬가지다. 제대로 못 사는 것보다 죽는 게 더 무섭다. 그게 망상이 아니면 대체 뭐가 망상이란 말인가.

염증이 가라앉았고, 곧 병원 측은 퇴원시킬 것이다. 가고 싶지 않다. 집에 가서 혼자 있기 싫다. 그렇다, 간단한 얘기다. 병원에 있는 편이 더 좋다. 내 집에 있는 것보다는 죽어가는 이들과 지친 간호사들 속에 있고 싶다. 게다가 입원해 있으면 지인들이 문병을 온다. 누군가 입원하면 문병을 가는 게 도리니까. 내가 집에 있으면 지인들은 혼자 지낼 수 있다고 짐작하겠지. 그러니 계속 입원하고 싶다.

크리스티나에게 말한다. 아직 기운이 없다고. 주치의는 내 손을 잡고 병상 옆에 놓인 의자에 앉는다. 의료진은 좀처럼 그러지 않는데도. 다들 앞에 서서 환자를 내려다본다. 크리스티나는 내 손을 잡고 앉아 상냥하게 말한다.

"이해해요. 하지만 지금처럼 이러실 것 같아요. 다시는 힘이 나지 않으실 거예요."

각종 튜브와 바늘이 꽂힌 손을 들어 뺨을 갈기고 싶다. 머리통이 덜걱하고, 눈이 시퍼렇게 멍들게 갈기고 싶다. 어떻게 면전에서 그 따위 말을 할 수 있을까. 어떻게 그런 말을 하면서 환자를 세상에 내보낼 수 있단 말인가. "난 당신이 생각하는 것보다 강해요." 하고 쏘아붙이고 싶다. 하지만 그래봤자 무슨 도움이 될까. 그랬다간 의사가 첫 번째 이송 차량에 태워 집에 보내겠지. 게다가 내가 그렇게 강한지도 알 수 없고.

늘 내가 남들의 예상보다 강하다고 믿고 그렇게 생각했다. 그런데 이제 그 반대다. 사람들은 나를 생존자로 보지만 틀린 시각이다. 난 너무 겁난다, 죽음이 너무도 두렵다. 평생 이렇게 무서운 일은 없었다. 이리도 겁날 수 있을 줄 상상도 못 했다. 머리에 박힌 총알, 차 사고, 찰싹, 탕, 그리고 끝. 그게 내가 준비한 죽음이었다. 이게 아니라 기다리고, 또 기다리고. 진단을 받고, 죽는다는 말을 듣고 1년이 지났다. 1년, 앞으로 그만큼 남았을지 모르겠다. 1년간 아침마다 죽어간다는 생각을 하며 깨겠지. 그러다 어느 날, 아주 가까운 어느 날 그럴 테고.

이건 상상과 다르다. 살면서 예상한 것과 다르다. 이렇게 질질 끌며 죽음을 기다리는 것은.

*

"같이 콘서트에 갈 거예요."

아람이 말했다. 딸은 입장권을 사고 계획을 세워 두었다. 이유가 뭔지, 뭐 때문에 그런 생각을 했는지 모르겠다. 딸은 내가 떠나기 전에 둘이 할 일들을 머릿속으로 그린다. 멋진 일들을. 그런데 내가 종양과 약과 싸우면서 그걸 할 수 있을지 모르겠다. 하고 싶은지도 모르겠고.

"하실 수 있어요, 엄마. 저랑 가실 수 있어요."

아람이 말한다.

딸은 주치의가 날 퇴원시킬 걸 안다. 좋아한다. 희망이 있다는 의미로 받아들인다. 네가 뭘 아느냐고 한 마디 해 주고 싶다. 너희가 내 속에서 일어나는 일에 대해 뭘 아느냐고.

"공연장에 택시를 타고 갈 거예요. 돌아올 때도 택시를 타고요. 엄마는 몇 십 미터만 걸으면 돼요. 큰일이 아니니까 하실 수 있어요."

"하실 수 있어요.", 두 살배기를 변기에 앉히려고 달래는 듯한 말투.

"그러고 싶지 않아. 오늘이 병원에서 보내는 마지막 밤이야. 여기 있으련다."

"하지만 콘서트가 오늘 밤이에요, 엄마. 오늘 밤만 한다고요. 제가 바꿀 수가 없어요. 또 누가 알아요, 혹시……."

"누가 뭘 알아! 다른 기회가 있을지 누가 아냐고? 내가 내일 죽을지 누가 알았느냐고?"

딸에게 화를 낸다.

아람이 입술을 깨문다. 상처 받으면 늘 그런다. 난 그걸 알지만 아람은 속으로만 삭힌다고 생각한다. 겨울밤에 빛나는 달빛 보듯 난 딸의 감정을 훤히 들여다본다. 똑똑히, 선명하게. 아람에게 말해 주고 싶다. '더 잘 숨겨야지. 넌 감정을 잘 숨기지 못해. 난 네 감정을 속속들이 알고 싶지 않아, 그걸 모르겠니? 지금 이 상황만으로도 나로선 버겁거든. 또 그 눈빛으로 내게 더 큰 죄책감과 굴욕감을 지워 주지 않았으면 좋겠다. 마음이 아프니? 그래? 난 상관없어, 난 죽어가니까. 난 죽을 거고 넌 살 거야. 알겠니? 너한테 얼마든지 나 하고 싶은 대로 해도 되겠지.'

"그냥 가! 난 안 간다."

난 그 말만 한다.

아람은 긴장한 어깨를 떨구고 병실에서 나간다. 나는 딸이 사다 준 무늬 있는 옥색 베개를 더 눌러 밴다. 눈을 감고 베개에 눈물을 닦는다.

크리스티나가 문을 두드리고 고개를 내민다, 또 다시. 오늘 두 번째다. 난 혼자 있고 싶지 않다.

내가 묻는다.

"정말 이런 취미가 있는 거예요? 내가 뭘 했다고 이런 관심을 받나요?"

그제야 내가 어디 있는지, 어떤 상황인지 기억하고 일어나 앉는다.

"검사 결과가 나왔나요?"

오늘밤 정말로 끝이라는 말을 들을지도 모른다. 의사에게 내 머리에 총알을 박아달라고 부탁해도 되겠지. 검사 결과가 나쁘다면, 그런들 범죄가 아닐 테니까. 내 손으로는 도저히 못 할 일이니까.

의사가 말한다.

"엘리베이터 옆에서 따님을 만났어요. 속상해하는 것 같았어요."

나는 침을 삼킨다.

"나랑 그런 얘기를 하는 것은 선생님의 본분이 아니죠. 상담사를 보내세요."

나는 말을 멈춘다. 입술을 오므린다. 그러다가 말을 잇는다.

"아님 내 딸한테 상담사를 보내든지."

크리스티나는 찡그리고 날 쳐다본다. 실망한 표정이다. 그녀는 실망한다. 환자인 내가 아니라 어머니인 나에게.

"나히드."

주치의가 내 이름을 알다니 놀랍다. 그녀가 나를 커지는 암 덩어리가 아닌 한 인간으로 보다니.

크리스티나가 말한다.

"고통스럽다는 걸 이해해요. 부당하다고 느끼시는 걸 이해합니다. 화내시는 게 이해되지요. 그 모든 게 이해됩니다.

또 사는 방식을 결정하는 것은 나히드의 선택이니 제가 왈가왈부할 입장도 아니고요. 제 일은 암과 싸우는 거예요. 그리고 환자분의 고통을 가능한 덜어 드리는 거지요. 그게 다예요. 그러니 이 말씀만 드릴게요. 노력하시기를 권합니다. 하루하루 의미를 느끼려고 노력하시기 바래요. 사랑하는 이들과 시간을 보내세요. 재미난 일을 하세요. 주치의로서 그러시기를 권합니다. 왜냐면 그래야 나히드가 더 기운을 얻으실 테니까요. 아시겠어요? 여기서 우리가 원하는 건 그것밖에 없어요. 나히드가 더 기운을 차리시는 것. 더 오랫동안."

내가 대꾸한다.

"내게 기운이 왜 필요하죠? 그걸로 뭘 하려고요? 며칠 더, 고작 며칠 더 기운을 내는 것뿐인데. 그냥 끝내면 왜 안 되는데요? 왜 내가 계속해야 되죠? 어차피 죽을 건데! 내가 죽는 건 다들 알아요. 그런데 왜 버텨야 되냐고요?"

크리스티나가 말한다.

"나히드, 누구나 죽어요. 나히드보다 제가 먼저 죽을 수도 있어요. 아시겠어요? 따님이 언제든 죽을 수 있어요. 사고로, 알 수 없는 상황으로 인해서. 아무도 몰라요, 우린 아무것도 모릅니다. 하지만 혹시 따님에게 무슨 일이 생기면, 나히드는 딸에게 마지막으로 한 말의 기억을 안은 채 남겨질 거예요. 저는 일개 의사에 불과하지만, 그게 암보다 고약할 거라고 장담할 수 있어요."

다들 날 이기주의자라고 말할 수도 있다. 혹자는 "당신은 이기적이에요, 나히드."라고 말한다. 그러면 난 그를 미워한다. 울고불고 난리를 친다. 빽 소리치겠지.

"당신이 뭘 안다고? 내가 뭘 겪으며 살았는지 당신이 뭘 알아? 내가 얼마나 외로운지 당신이 뭘 아냐고? 남들이 내게 얼마나 이기적이었는지 당신이 뭘 알아?"

내가 그렇게 말하면 상대방은 날 더 넌덜머리 낸다. 사람들은 말할 것이다.

"당신은 신세 한탄만 하는군요. 자기 연민에 빠지는 것, 그것도 이기적인 짓이라고요. 왜 당신이 잘못된 일을 당해 놓고 죄 없는 사람을 들들 볶죠? 당신이 고통을 대물림하는 걸 모르겠어요? 당신이 고통을 계속 살려 둬서 죽은 후까지 남게 한다는 걸 몰라요? 그게 당신이 바라는 바예요? 아픔을 유산으로 남기고 싶은가요? 아픔을 자식에게 물려주고 싶으냐고요?"

난 상대방을 쳐다보면서 성난 표정을 짓는다. 내 답은 짤막하다.

"내 딸이 그걸 겪으면 왜 안 되는데요?"

*

크리스티나가 병실에서 나갈 때까지 기다린다. 혼자가 되자 얼른 휴대폰을 집는다. "갈게"라고 메시지를 보낸다. 다시 벌러덩 눕는다.

"아람을 위해서야."

혼잣말로 중얼댄다.

하지만 사실이 아니다. 나 자신을 위해서. 의사 말이 옳다. 타인을 아프게 하면 나도 아프다. 그들이 등을 돌리니까 아프다. 그게 최악이다. 혼자 버려지는 게 최악이다. 그러기 싫다. 난 아람이 돌아오기를, 곁을 지켜 주기를 바란다. 그래서 이번에는 딸이 원하는 대로 해 줄 참이다.

휴대폰의 진동음이 울린다. "잘 됐어요! 모시러 갈게요." 라는 메시지가 수신된다. 아람이 온다. 필요한 건 그것이다. 난 스르르 눈을 감는다. 싸우는 대신 잔다. 쉬면서, 종양이 내 몸에서 새로 숨 쉬게 둔다.

비몽사몽간에 그걸 강간으로 상상한다. 억지로 가장 큰 두려움을 끌어들여 경험한다. 알지도, 원치도 않는 게 내 몸을 뚫고 들어와 차지해 버린다. 그 여파로 씻을 수 없는 덩어리가 남는다. 난 생각한다. '몸을 지키는 싸움에서 졌어.' 하지만 어쩌면 태어나면서 이미 진 싸움이었다. 또 딸, 또 실망.

이제 우린 다시 차에 타고 있다. 아람이 내 손을 잡고 둘 다 차창 밖으로 스트랜드바겐(스톡홀름의 해변가_역주)과 바다를 내다본다. 수면이 반짝이기를 바랐지만 아니다. 어둡고 바람이 불고 을씨년스럽다.

"비가 오겠구나."

내가 말한다.

"그래도 괜찮아요."

아람이 대답한다.

차가 시르쿠스 지역 앞에 멈추자 인파가 너무 많아 난 숨을 멈추어야 한다. 이런 활기를 오랜만에 접한다. 아람이 밖에서 차문을 열어 주지만 난 머뭇댄다.

"내가 할 수 있을지 모르겠다."

아람이 팔을 잡아 나를 당긴다. 조심스럽지만 예상보다 강한 손길이다. 난 발을 질질 끌며 이끌려 간다. 어느 시점에서 아람의 친구들이 합류한다. 그들이 동정 가득한 눈빛으로 쳐다보자 난 눈을 돌린다. 다들 내게 뭐라고 말해야 될지 몰라 한다. 난 푹신한 의자에 털썩 앉는다. 그 순간 음악이 시작되고, 살아 있는 존재에 둘러싸인 기분이 밀려온다. 포근함과 아름다움에, 어머니의 손길처럼 따사로운 것에 감싸인다.

음악. 그 소리에 페르시아의 아취가 녹아 있고, 무대에 오른 여가수는 동화 속 인물 같다. 가수의 이름은 라레. 4월의 폭풍우 속의 한 송이 봄 튤립. 그녀가 이야기를 시작하자 목소리가 가만가만 내리는 여름비 소리 같다. 그 소리가 오래전의 지나간 시간과 공간으로 날 데려간다. 여전히 아람에게 손을 잡힌 채, 처음으로 그것도 괜찮다 싶다. 죽는 것도 괜찮다. 나를 기다리는 따스함이 있을 것 같다. 아버지의 따스함. 한때 마수드의 내면에 깃들었던 따스함. 누라의 내면에. 누라가 나를 기다릴 것 같다. 난 푹신한 의자에 앉아 미소를 짓는다. 아람의 손을 엄마답게 부드럽게 쥐어 본다. 아람이 날 쳐다보고, 어둡지만 놀란 표정이 보인다. 내 애정이 딸을 아연하게 만든다.

그걸 이끌어 낸 게 내 따스함인지, 혹은 아람도 어둠이 주는 안정감에 감싸였는지 모르겠다. 무대 위의 여가수가 주는 안정감에. 하지만 음악 때문이겠지. 나 때문에 아람이 애달픈 거라면 좋겠다. 하지만 그저 음악 때문이겠지. 시. 아람은 음악과 시를 먹고 자랐다, 내 딸은. 음악과 시는 아람에게 위안을 주고, 숨 쉴 공기를 주고, 자양분을 주었다. 하지만 아람에게 음악을 준 사람은 나였고, 그 사실이 날 행복하게 한다. 적어도 딸에게 음악을 줄 수 있었으니. 이제 무대 위의 가수는 노래하기 시작한다. 내 딸처럼 전쟁에서 태어난 아가씨다. 노래 가사가 아람을 환기시킨다. 가수는 생을 일찍 마감하는 이들, 그들을 붙잡으려는 이들, 놓지 않으려는 이들을 노래한다.

"누구는 일찍 죽지요……."

가수가 노래하자 아람이 울음을 토한다. 나직하게 운다. 고개를 숙이고 몸을 떨기 시작하고, 난 흐느끼는 걸 안다, 내 딸내미가. 내 새끼가. 아람은 아기처럼 홀쩍인다. 울고 떨고 아기처럼 홀쩍이고. 난 이유를 안다. 죽을 사람이 바로 나라는 걸 안다. 남겨질 사람이 아람이라는 것을. 내가 딸을 두고 가고, 아람은 엄마를 잃는다는 걸 난 안다. 딸의 손을 더 꼭 쥐고 등을 기댄다. 몸을 앞뒤로 흔든다. 그렇게 흘러간다. 나는 죽고 내 자식은 어미를 잃고. 한순간 그게 흐뭇하다. 원래 그렇게 되는 게 맞다 싶다.

다시 여름이 된다. 4월에서 5월로, 5월에서 6월로 넘어가면서 다시 아래 잔디밭에 메이폴댄스 기둥이 세워진다. 모두 꽃무늬 원피스를 입고 행복한 함성을 지른다. 나는 평소처럼 옆에 찻잔을 두고 창밖을 본다. 유리창에 비친 내 모습이 눈길을 끌어 바라본다. 제대로 쳐다본다. 머리카락이 다시 났다. 3개월간 항암 치료를 하지 않았고, 종양이 물러났다.

"치료가 되었네요!"

월요일에 크리스티나에게 그렇게 말했지만 의사는 동의하지 않았다.

주치의는 말했다.

"두고 보지요, 나히드."

나는 더 묻지 않기로 한다.

"고마워요."

질문 대신 인사하자 크리스티나가 고개를 끄덕인다. 살짝 웃으면서.

"멋진 미드썸머 축제를 즐기세요."

"그럴 거예요. 딸이랑 딸의 남자친구네 가족과 축하할 거예요."

나는 머뭇거린다. 그러다가 덧붙인다.

"전통이거든요."

이번이 두 번째란 말은 하지 않는다. 그러면 또 시간 얘기를 꺼내는 셈이니까. 이번이 마지막일지, 겨우 두 번이어도 전통일지?

새 드레스를 사두었다, 큰 빨간 꽃무늬가 있는 걸로. 욕실 문에 드레스를 걸어놓고 복도에 빨간 샌들을 내놓았다. 그날을 기대한다. 차에 타고 바다를, 다리들을, 섬들을 지나고 싶다. 그 아름다움 속을 달리고 싶다. 좋은 추억을 만들고 싶다. 크나큰 아름다움. 내 안에 간직할 멋진 것을.

옷을 입고 거울 앞에 서서 립스틱을 꺼낸다. 천천히 깔끔하게 입술을 칠한다. 오늘은 구경꾼이 되지 않을 것이다. 오늘 난 환자이기를 거부한다. 이 특별한 날 난 아프지 않다. 이날 모든 징후가 내가 살 거라고 말해 준다. 다시 태어난 것 같다.

*

즉시 미심쩍은 기미를 알아차린다. 두 사람은 엘리베이터

를 타고 올라와 초인종을 누른다. 아람이 손에 든 차 열쇠를
꽉 쥔다. 열쇠를 계속 비틀고 빙빙 돌리고 덜거덕 소리를 낸
다. 그만하라고 말하고 싶지 않다, 오늘 난 아프지 않으니까.
그래도 너무 짜증스러워서 결국 소리친다.

"그만 좀 해!"

아람이 놀라서 열쇠를 떨구고, 요한은 침울하게 날 쳐다본
다. 나는 그들에게 등을 돌리고 엘리베이터로 걸어간다. 두
사람이 따라오는 소리가 나지 않는다. 아직도 거기 서서 소곤
댄다. 요한이 아람을 위로한다. 아람이 아프다는 생각이 든
다. 오늘 나는 건강한데, 딸이 아프다. 분명히 암일 거야, 그
럴 거야. 내가 딸에게 암을 주었다. 오늘 난 건강한데 딸은 죽
어간다. 살아남는 사람이 나고, 나를 남겨 두고 죽는 사람이
아람이면 어쩌나? 그 어떤 생각들보다 그 생각이 두렵다.

차에서 셋 다 말없이 앉아 있다. 난 편안한 하루를, 행복감
을 기대했는데. 우리 모두. 두 사람의 등을 보고 분위기를 파
악하려 애쓴다. 요한은 괜찮아 보인다. 긴장한 사람은 아람이
다. 난 할 말을 생각해 내려고 애쓴다. 물어볼 말을. 오랫동안
그럴 필요가 없었던 걸 깨닫는다. 질문은 아람이 했고, 난 대
답만 하면 그만이었다. 이제 질문거리를 떠올리려니 어렵다.

"일은 어때, 요한?"

나도 모르게 묻는 소리가 들린다.

마음속에 있던 질문이 아니었고, 말을 걸고 싶은 상대도

요한이 아니었다.

그가 고개를 돌린다. 즐거워 보인다.

"잘 되고 있어요, 나히드. 물어봐 주셔서 감사해요. 하지만 얼른 휴가가 되면 좋겠는걸요."

요한은 그 이상 말하지 않고, 난 고개를 돌리고 눈을 굴린다. 서로 공허한 말만 나눈다. 아무 의미도 없는 말.

"기분이 어떠세요? 이번 주에 병원에서 잘 됐다고 들었어요."

난 요한에게 싱긋 웃고 손가락으로 브이를 그린다.

"내가 이겼지! 암이 없어졌어."

아람이 백미러로 날 쳐다본다.

"종양이 없어졌다는 뜻이야. 암 덩이가 없다고. 그러니까 이제 암이 아닌 거고. 대단한 일이지, 요한?"

그는 팔을 뻗어 내 손을 잡고 꼭 쥔다.

"굉장하죠, 나히드."

요한의 눈에 눈물이 고이고, 난 그런 반응에 대한 준비가 되지 않았다. 그가 마음을 쓸 줄 미처 몰랐다, 이런 식으로는.

아람이 헛기침을 하고 백미러로 다시 날 쳐다본다.

"저희는 '델셀리우스'에 들르면 어떨까 생각했어요, 엄마. 커피랑 바닐라번이랑 먹자고요. 그래도 괜찮으시겠어요?"

"오늘? 미드썸머인데, 문을 여니?"

"네, 미리 전화해서 확인했어요."

아람이 말한다.

왜 그게 그리 중요한지 모르겠다. 어쨌거나 아무도 패스트리를 좋아하지 않는데. 내가 그 말을 하자 아람은 싱긋 웃는다.

"아뇨, 저는 이유를 알아요. 진짜 패스트리를 먹고 싶거든요. 게다가 오랜만이에요, 그렇죠? 얼마나 됐더라? 15년쯤 되죠?"

나는 고개를 끄덕인다. 맞다. 15년 전 우린 시내에 아파트를 산 후 감격에 잠겨 차를 몰고 구스타브습르크의 집으로 달렸다. 그 카페 의자에 앉아서, 셈라(스웨덴에서 사순절 첫날 먹던 빵. 사순절 첫날은 2월 중이다._역주)를 주문했다. 그때가 2월이었으니까. 우린 깔깔댈 뻔했다. 아무도 진짜로 이런 일이 벌어질 줄 몰랐겠지만 우린 해냈다. 새 집을, 다른 종류의 집을 매입했고, 모든 걸 두고 떠났다. 아니, 그런 줄 알았다. 누구나 도망칠 때, 이주할 때 그러듯. "이제 전부 두고 가는 거야." 하지만 그렇게 흘러가지 않는 법. 아무리 멀리 가도 끝까지 쫓아오는 것을. 우린 이사를 자축했고 행복했다.

이렇게 말하고 싶다. "함께 행복했던 순간이 15년 전이구나." 하지만 내가 생각해도 어이없이 서글펐다. 다시 그런 순간을 맞이할 자신이 없으니까. 그게 가장 고역일까? 더 좋았던 시절을 상기하는 것이. 더 나을 수도 있다는 걸 깨닫는 것이. 행복이 아주 가까이, 사실 손이 닿는 곳에 있음을 되새기는 것이.

"그러자꾸나."

내가 간단히 대답하자 아람은 안심한 표정을 짓는다. 내가
이러쿵저러쿵할 거라고 예상한 듯이.

*

광장 근처에 주차하고 차에서 내린다. 버려진 동네 같다.
미드썸머여서가 아니라 거기 남은 게 거의 없어서 휑하다. 피
자 가게, 빵집, 비디오 가게. 하긴 요즘은 어디에도 비디오 가
게가 없지만. 사람들이 실제로 드나드는 상점들은 이 동네에
안 어울리겠지. 루스타, 이카막시(스웨덴의 슈퍼마켓_역주), 맥
도날드. 그런 상점들은 여기서 멀리, 숲이었던 곳에 세워졌
다. 왜 이 낡은 곳을 싹 밀어내지 않는지 모르겠다, 다른 걸
하면 될 텐데. 여기 매일 왔던 때가 기억난다. 도무스에서 쇼
핑을 하고, 우체국에서 이란에서 온 큼직한 소포를 찾고, 폴
케츠 후스에서 영화를 봤다. 우린 이 작은 광장을 통해 스웨
덴을 발견했다.

"유령 타운이네."

내가 말하니 아람이 손을 잡아 준다.

"알아요. 이제 완전히 다르죠. 그래도 상관없어요, 그렇
죠? 우린 아무 영향도 받지 않아요."

나도 아람과 동감이란 걸 깨닫는다. 이런 상황은 우리랑 관계없다. 이제 여기 살지 않으니까. 오래전 여길 떠났으니까. 그러다가 딸의 말이 전혀 다른 의미라는 걸 깨닫는다. 이 정도는 별일 아니라서 우리에게 영향을 주지 않는다. 어떤 곳을 잃는 정도가 가족을 잃는 사람에게 무슨 대수라고. 죽어가는 이들에게는 그런 일은 아무것도 아니다.

나는 고개를 숙인다. 영향을 받는다고 말해. 마음에 걸린다고. 떠난 곳, 도망쳐 나온 곳에 영향을 받지 않아야 되는데 영향을 받는다. 상실한 모든 게 우리를 짓누른다. 죽음이 가까워지면, 뭔가 잃을 수 있다는 걸 인정하기 싫어진다.

델셀리우스 카페에 들어가니 전부 예전과 똑같다. 전통적인 케이크, 오픈 샌드위치, 시나몬 롤과 바닐라번이 담긴 유리 접시들. 똑같은 줄무늬 앞치마를 두르고 카운터 뒤에서 일하는 금발 아가씨들. 의자 위의 빨간 벨벳 방석, 예전 그대로의 패브릭과 의자. 허름하고, 아람이 어릴 때처럼 멋지고 근사하지 않다. 그 시절, 우리가 쓸 수 있는 돈은 고작 5크로나였고, 그나마 그런 날도 가뭄에 콩 나듯 했다.

요한이 주문하러 카운터로 가자, 아람은 나를 창가 큰 테이블로 이끈다. 카페 안에 손님은 우리뿐이다. 노인 커플이 테라스에서 커피를 마신다. 누군가 들어와서 미드썸머 파티에 쓸 케이크를 사 간다. 실내는 약간 어둡고 밖은 환하다. 여기 들른 이유를 난 아직도 모르겠다. 아람이 대각선으로 앉고 그 옆에 요한이 앉는다. 쟁반에 번 두 개와 마자랭(스웨덴 맥주_역주) 한 병이 담겼다. 직원이 커피를 갖다 준다. 벽시계를 보니 아람의 교실에 걸렸던 큰 시계와 비슷하다.

"부모님을 만나야 되는데 늦지 않겠어?"

"상관없어요."

요한이 아람을 힐끗 본다. 아람이 가만히 고개를 젓는다. 몸을 숙이고 그의 귀에 소곤댄다.

요한이 헛기침을 한다.

"나히드, 알려드리고 싶은 얘기가 있어요."

"그래. 흠, 그럼 말해 봐."

가슴이 쿵쾅대고, 무슨 말인지 알 것 같다. 생사가 달린 일이다. 아람이 아프다, 이제 죽어가는 사람은 내 딸이다.

그가 다시 아람을 쳐다보자, 그 아이는 눈을 돌린다. 그러자 요한이 다시 헛기침을 한다.

"저기, 나히드. 바로 이 얘기예요. 나히드가……."

아람이 불쑥 일어나자 요한이 놀라서 올려다본다. 아람은 도망치고 싶은 표정을 짓고, 나도 같은 기분이다. 여기 있고 싶지 않다. 왜 이들은 나를 이 카페에 데려왔을까? 오랜 기억과 오랜 실망에 새 혹이 덧붙여지게 생겼다.

그가 아람의 손을 잡고 꼭 쥔다. 내 딸은 남자친구 옆에 서 있다.

"나히드, 할머니가 되시겠네요."

눈앞이 캄캄해진다. 처음에는 잘못 들은 줄 안다. 아니면 애들이 농담을 하거나. 분위기를 가볍게 하려는 농담이겠지. 눈을 가늘게 뜨고 요한을 본다.

"뭐라고 했어?"

그가 머뭇거린다. 아람을 힐끗 보지만 내 딸은 시선을 돌린다.

"음, 저희가 아기를 가졌어요. 할머니가 되시겠네요."

나는 테이블의 가장자리를 꽉 붙든다.

"아, 이런. 이런 일이."

내가 신음한다.

일어나 아람에게 가려 하지만 그럴 수가 없다. 다리가 후들거리고 쓰러질 것 같다. 무슨 말이든 하고 싶다. 유쾌한 말을. 오늘! 활기 넘치는 이날. 그런데 못 하겠다. 대신 팔을 굽혀 고개를 묻고 흐느끼기 시작한다. 눈에서 눈물이 줄줄 흐르고 나는 내면으로 사라진다. 암 덩이 속으로, 모든 고뇌 속으로. 나는 생각한다. '이게 내가 갈망한 전부야.'

내가 잉여인간이 아니라는 증거를 얻고 싶었다. 배신자보다 나은 존재라는 증거. 남들이 죽고 불행해지는 이유 그 이상이라는. 작은 아파트에서 전화기 옆에 앉은 어머니를 떠올린다. 그녀가 늘 최악을 각오하는 걸 생각한다. 거기 카펫에 앉아 현관문을 지키고 전화기를 주시하는 것을. 가끔 어머니가 일어나서 커튼 틈을 살짝 내다보는 것을 떠올린다. 난 통화하면서 그 이야기를 하지 않았다. "엄마, 제가 암에 걸렸고 죽을 거라네요."라고 말하지 않았다. 대신 이제 전화해서 이렇게 말할 수 있다. "엄마, 우리 집안에 아기가 생기게 됐어요!"

두 사람을 올려다본다. 아람은 다시 의자에 앉았고, 요한이 눈시울을 붉히며 끌어안고 있다. 아람이 그의 품에서 떤다.

내가 묻는다.

"사실이야? 정말 그래?"

아람은 고개를 들지 않는다. 연인의 가슴에 얼굴을 묻고 운다. 하지만 요한이 고개를 끄덕이고 씩 웃는다.

나는 냅킨으로 얼굴을 닦지만 멈출 수가 없다. 눈물이 멈추지 않는다. 죽을 거라던 나였는데, 죽어서 재가 될 나인데. 이제 살 이유가 생겼다.

"고맙구나. 고맙다."

내가 말한다.

아람이 내 눈을 보지 않지만 난 뭐라 하지 않는다. 일어나서 딸에게 다가가 양팔로 끌어안는다. 아람이 어깨를 떨군다. 아람이 내게 기대어 긴장을 푸는 게 느껴진다. 난 눈물 젖은 뺨을 딸의 뺨에 대고 다시 고맙다고 말한다. 여기 엄마가 있다고 말한다.

"너를 위해 여기 있을게."

아람이 다시 울기 시작하고, 요한은 우리 모녀를 안는다.

셋이 한 덩어리가 되어, 인간 덩어리가 되어 거기 앉아 있다. 다른 부류의 고기 산이랄까. 아람, 나, 요한. 그리고 아람의 뱃속에서 자라는 어린 것.

어린 것. 그게 내가 바라는 전부다. 이걸 얻는다면 다른 요구를 하지 않을 것이다.

"세상에서 가장 좋은 할머니가 될 테야."

아람이 나를 올려다본다, 똑바로 쳐다본다. 의심 가득한 눈이다. 의심과 사라지지 않는 다른 무엇, 파편, 어슴푸레한 빛, 순진한 유치함. 그 아이의 소망.

나에 대한 딸아이의 소망.

*

차를 타고 내가 예전에 무수히 오간 도로를 달린다. 숲과 해안을 지난다. 뒤뢰 다리를 건널 때 수면이 반짝이고, 내 머릿속이 환해진다. 얼마나 아름다운 곳인가! 오늘 난 그 일부다. 생명과 아름다움의 일부. 오늘 난 죽지 않는다. 오늘 난 할머니다. 오늘 난 영속 가능한 모든 면에서 영속한다. 그게 내 뱃속에서 살랑거린다. 난 암과 싸웠고, 이게 보상이다.

섬에 있는 큰 나무들을 생각한다. 속으로 중얼댄다.

"내 손주는 나랑 다를 거야."

내 손주는 모래가 아닌 뿌리의 자녀가 될 것이다. 태어난 곳에서 살겠지. 그 아이의 뿌리는 땅 속 깊이 뚫고 내려가리라. 내가 그걸 만들어 냈다. 내 손주가 자유와 뿌리, 둘 다 누리고 살게 한 장본인이 나였다. 내 탈출이 그걸 가능하게 했다. 무릎에 양손을 모은다. 입술 사이로 공기를 내쉬면서 더 반듯하게 앉는다. 아람이 다시 백미러로 날 쳐다본다. 눈이 마주치고 아람이 미소 짓는다.

요한의 부모는 아직 임신 소식을 모르고, 우리가 알린다. 내 입으로 소식을 전하니 마음이 흐뭇하다. 이 아이는 내 손주다. 요한의 부모는 이미 손주를 넷이나 보았다.

"어머, 잘 됐네."

그의 모친이 말한다. 그 말뿐이다. 죽음을 앞둔 사람과 그렇지 않은 사람이랑은 아주 다르겠지. 생명의 위대함이 다르게 다가오겠지.

점심 식탁에 둘러앉아 와인을 잔에 따를 때, 난 잔을 채워 달라고 부탁한다. 건배하고 와인을 쭉 들이킨다. 다들 웃고, …내 웃음소리가 가장 크다. 하지만 곧 가고 싶다. 해변으로, 숲으로 가서 혼자 생각에 잠기고 싶다. 좀 쉬겠다고 말하니 모두 이해한다.

신발을 벗어 선창가에 둔다. 돌과 모래를 발바닥으로 느끼고 싶다. 해변으로 내려가 앉아서 다리를 팔로 감싼다. 여기

미끄럼틀이 있다. 작년에는 못 봤는데. 선창 밑에 플라스틱 장난감이 담긴 바구니가 있다. 바구니 밖으로 트럭이 튀어나와 있다. 나도 양동이와 삽을 사고 싶다는 생각이 든다. 손녀에게 작은 양동이와 모종삽을 사 주고 싶다. 아, 손녀라는 걸 안다. 누라를 대신할 아이다. 빈자리를 메울 아이.

식탁을 치우는 걸 거들다가 깨닫는다. 쟁반을 들고 하늘을 찌르는 나무들 사이로 난 오솔길을 걷는다. 힘을 내서 능력을 발휘하려고 노력한다. 못 하겠다고 말하지 않도록, 와인 잔들을 돌바닥에 떨어뜨려 깨뜨리지 않도록. 쟁반에 집중하면서도 곁눈질을 하다가 이상한 걸 알아차린다. 땅에 뿌리가 하나도 없다. 고개를 돌려서 맞은편을 본다. 거기도 나무뿌리가 없다, 전혀. 바닥에 삐죽 나온 나무 조각은 거기에 뿌리가 있었지만 뽑혔음을 말해 준다. 나는 쟁반을 내려놓고 무릎을 꿇고 앉아 땅을 쓰다듬는다. 흙만 있다. 뒤에서 발소리가 들리고, 요한의 어머니가 내 이름을 부른다. 괜찮으냐고 묻는다.

"없어졌네요, 나무뿌리 말이에요. 전에 있던 뿌리들이?"

질문이다, 그녀가 없앴을 테니까 물어본다. 나무들이 여기 없더라도 어딘가 있을지도 모른다.

그녀가 대답한다.

"네, 맞아요. 보기 좋지 않아요? 올봄에 나무들을 치웠어요. 일이 많았죠. 예상보다 단단히 박혀 있더라고요. 하지만 시원하게 변했지요?"

내가 멍하니 쳐다봤는지 그녀가 말을 멈춘다.

"게다가 손주들이 뿌리에 걸려 넘어지면 큰일이니까요."

뭐라고 응수해야 좋을지 모르겠다. 아마 그녀는 내 침묵을 몸 상태 때문으로 이해한다. 내가 아파서 바닥에 주저앉은 줄 안다.

"쟁반을 그냥 놔두세요. 닐스에게 치우라고 할게요."

그녀가 말하고 내 앞을 지나 집으로 향한다.

나는 눈으로 쫓고 결국 그녀는 집에 들어가 빨간 문을 닫는다. 그 순간 손가락으로 땅속을 판다, 들어갈 수 있는 만큼 깊이. 아직 뿌리가 거기, 바닥 안에 있을 것이다. 뿌리가 그렇게 쑥 빠질 리가 있나, 없어질 리 없다. 하지만 손가락에 뿌리가 만져지지 않는다.

점점 불러오는 아람의 배처럼 아름다운 건 내 평생 처음 봤다. 배 좀 만져 보게 소파 옆자리에 앉으라고 부탁한다. 가끔 아람이 차를 준비하거나 설거지할 때 살그머니 다가가서 셔츠 자락을 올리기도 한다. 내 차가운 손을 배에 댄다. 그러면 아람이 불편해하고, 그 기색이 눈빛으로 읽힌다. 경계하는 눈빛. 이해가 된다. 제 아기를 보호하고 싶겠지. 제 아기를 나로부터 지키고 싶은 게지.

아람이 보호하려는 것도 좋다는 생각이 든다, 어려운 일이니까. 보호란 어렵고, 때론 그런 마음을 갖기도 어렵다. 사람은 이따금 보호받아야 된다고 느낀다. 자식이 나보다 더 잘 감당할 것 같다. 난 그런 엄마가 되지 않아야 될 텐데. 나야 근본이 다르니까. 혼자 힘으로 잘 감당할 수 있었던 사람이니까. 그런데 그렇지가 않다.

아람 모르게 슬쩍 흘끔대거나 빤히 본다. 딸이 상처를 입었는지 알아내려고. 나처럼 상처를 입었는지. 내상이 너무 커서 보호하는 걸 잊은 건 아닌지. 그걸 선택하려는지. 이 모든 걸 어떻게 생각하느냐고 딸에게 묻고 싶다. 나같이 끝날 거라고 생각하는지. 하지만 대화를 시작해야 이런 질문을 할 수 있는데, 이건 내가 질색하는 화제다. 그렇다, 딸에게 과거를 말하지 않을 참이다. 이미 그렇게 결정했다. 종종 딸이 듣고 싶어 한다는 걸 난 알아챈다. 그 화제를 꺼내기도 한다. 내가 설명해 주기를 바란다. 아마 용서를 구하기를 바랄 테지. 하지만 난 포기하게 만들 말을 한다. 그 얘기를 하지 않을 거라고, 내게 위안을 얻을 꿈도 꾸지 말라는 뜻을 전한다. 딸을 위로해 본 적도 없고, 마지막 몇 달을 그러면서 보내지도 않을 셈이다. 치료와 구역질과 가쁜 호흡에 시달리고, 시든 채소처럼 널브러져 죽음이 날 끌어내서 데려가기를 기다리는 사람은 바로 나다.

그래서 어느 날 딸에게 전화한다. 아람이 직장에서 일하느라 짬이 없지만, 내가 중요한 일이라고 말하니 자리에서 나와 내 말을 듣는다.

"넌 좋은 엄마가 될 수 있겠니?"

내가 묻는다.

아람이 침묵한다.

"좋은 엄마가 되겠느냐고?"

딸이 대꾸한다.

"무슨 말인지 못 알아듣겠어요. 무슨 뜻이에요?"

"네가 그럴 수 있을 것 같지 않아! 넌 출산할 만큼 강하지 않아. 또 자식을 키우는 게 여간 힘들지 않거든. 감당할 수 있 겠니?"

아람이 날카롭게 숨을 들이쉰다. 분자 하나하나가 목구멍에 퉁겨서 몸속으로 내려가는 소리가 들리는 것만 같다. 그러더니 숨을 내쉰다. 무겁게.

"엄마. 이제 끊을 게요. 다시 전화하지 마세요, 오늘 다시는 나한테 전화하지 말아요."

전화를 끊는다. 내가 듣고 있는데. 내가 다른 말을 할 새도 없이. 손에 쥔 전화기를 뚫어져라 쳐다보는데 목구멍이 뻐근하고 가슴이 터질 듯이 답답하다. 밉살스런 것! 어미를 이렇게 쓸쓸하게 만들다니. 버림받고 푸대접받는 기분을 안겨 주다니. 이 순간 딸년이 밉다.

난 메시지를 보낸다. "나한테 어떻게 이럴 수 있니. 아픈 어미한테!"

답이 없다.

아람의 집에 가서 초인종을 누른다. 토요일 아침이고, 딸은 내가 오는 줄 모른다. 아람에게 무슨 말을 들을지 몰라도 오지 않을 수가 없었다. 내 전화를 받지 않을까 두려워 전화도 못 걸었다.

안에서 사람이 나오기까지 오래 걸린다. 처음에는 너무 잠잠해서 다시 초인종을 누른다. 그때 더디게 움직이는 기척이 들린다. 아람이 현관으로 나오는 소리인지 알 수 없어서 다시 초인종을 누른다. 그제야 아람이 아버지의 부고를 이런 식으로 받은 사실이 기억난다.

아람이 얼른 문을 열지 않자 경찰관이 초인종을 반복해서 눌러 댔다. 또 똑같은 일이란 생각이, 이게 아람의 팔자라는 생각이 든다. 죽음이 현관을 두드리는 것. 로즈베가 땅에 쓰러져서 피를 흘리며 끌려가는 것을 본 게 우리의 팔자였던 것처럼. 아람이 내 팔자를 그대로 되풀이하나 보다. 그렇게밖에 설명이 안 된다. 막을 도리가 없다. 그래서 다시 초인종을 누른다.

문이 열리고 난 아람이 죽을 지경인 걸 안다.

"엄마, 무슨 일이에요?"

이 말도 억지로 하고, 몸짓도 고통에 시달리는 기색이 역력하다.

나는 앞으로 다가서서 딸의 팔을 잡는다.

"무슨 일이냐, 아가? 뭐 때문에 이래?"

"모르겠어요, 엄마."

아람이 내게 기대서서 몸을 굽힌다. 그러고는 덧붙인다.

"뭔가 잘못됐어요."

아람이 손을 들어 배를 가리키자 난 핸드백을 떨어뜨린다. "쾅" 소리에 둘 다 움찔한다.

"아냐, 아니야. 아니, 이런 일이 생길 리 없어."

내가 소리친다.

"엄마, 제발요. 좀 앉으세요. 요한한테 전화할게요."

이런 일이 생길 리 없다. 내 말뜻은 이게 아니었다. 이건 우리 팔자가 아니다, 아람의 팔자가. 우리 팔자가 아니다. 우린 이 아기가 필요하다. 아기를 얻을 자격이 있다. 이 아기는 우리의 위안이다. 난 복도에 놓인 의자에 주저앉아 숨을 몰아쉬면서 호흡을 고르려고 애쓴다. 아람이 나직하게 전화기에 대고 말한다. 그러더니 다시 권위적인 말투로 말한다. '아람이 바로잡을 거야, 바로잡을 수 있어.' 난 속으로 외친다.

"엄마, 저랑 같이 가시겠어요?"

"어디 가는데?"

"병원이요."

그러더니 아람은 날 다시 한 번 본다. 의심스런 표정이다.

"그래 주시겠어요, 엄마?"

모르겠다. 그래주고 싶은지 모르겠다.

"뭔가 잘못됐으면 싫다."

아람이 웃음을 터뜨린다. 매몰찬 웃음이다.

"그럼 엄마는 가지 않는 게 좋네요."

이제 아람은 옷을 챙겨 입고 현관문을 연다.

"난 가봐야 해요."

아람은 날 쳐다보지 않는다. 걸어 나간다. 문을 닫는다.

그대로 앉아 있으니 손이 덜덜 떨린다. 다시 지옥이 되어 버릴 거란 생각을 하면서. 행복을 잠시만 더 허락받으면 좋겠건만. 기쁨을 더 누리고 싶다. 미드썸머 데이의 기억들이 다음에 그 다리를 건널 때도 여전히 아름답게 느껴질지 궁금하다. 아니, 아름다운 기억은 이후 아무 변화도 없어야 유효하려나? 아름다움이 온전히 남아 있을 수 있을까?

차가 다가와 멈추는 소리가 나자, 길가에 서 있는 딸을 떠올린다. 흉한 인생살이도 아람의 노력을 막지 못했다는 생각이 든다. 난 벌떡 일어나 택시로 뛰어간다. 차가 집 앞을 빠져나가려는 찰나, 난 문을 벌컥 열고 차에 오른다. 아람이 통화를 하다가 놀라서 올려다본다.

"나 왔다."

내가 말한다.

딸이 고개를 끄덕이고 시선을 돌린다. 얼마 후 아람은 내 손을 잡는다. 우리는 도착할 때까지 손을 놓지 않는다. 차 안은 조용하고 난 생각한다. '다시 여기 있네.' 아름다움을 만들려고 애쓰는 아람과 내가 차에 타고 있다.

*

도착하자 의료진이 즉시 맞이한다. 난 악을 쓰며 싸울 마음의 준비를 했지만 그럴 필요가 없다. 사람들이 아기들을 중시한다는 생각이 든다. 새 생명은 끝나가는 생명보다 훨씬 중요하다.

아람이 내게 대기실에서 기다리라고 당부한다. 난 영문을 몰라 반대하지만, 딸의 얼굴을 보고 입을 다문다. 아람은 날 신뢰하지 않고, 그게 이유다. 아람이 간호사와 어떤 방으로 들어가자 사방이 조용하다. 오랫동안 아주 잠잠하다. 난 앉아서 핸드백을 무릎에 올려놓고 껴안는다. 요한이 어디 있는지 궁금하지만 우리끼리 있어서 다행이다. 여기 있는 사람이 나여서, 돕는 사람이 나여서 다행이다. 적어도 도움이 돼야

한다! 이렇게 손놓고 앉아 있을 일이 아니다.

지나가는 사람에게 말을 건다.

"실례지만 여기 매점이 있나요?"

"저를 따라오세요."

그 사람이 대답하면서 나를 매점으로 안내한다.

설명할 순 없지만 마음이 놓인다. 매점이 내가 되고 싶은 사람이 되게 허락해 주는 것만 같다. 조치를 취하는 사람. 도와주는 사람. 바구니를 찾아서 물건을 담기 시작한다. 당근 주스, 아람이 기운을 내게 해 주겠지. 두 개를 담는다. 감자칩 작은 것 한 봉지, 잡지 진열대 앞에서 잠시 멈추지만 아람이 뭘 보는지 모른다. 기억을 되살리려 애쓴다. 기억나면 좋겠는데, 그러면 딸이 내가 관심 있는 걸 알 텐데. 내 마음을 알 텐데. 결국 아무것도 사지 않기로 결정한다. 엉뚱한 걸 사서 실망하는 낯빛을 보느니 그게 낫다.

이제 뭘 해야 좋을지 모르겠다. 꽃 양동이를 쳐다보다가 그날 병원에서 아람에게 흉한 꽃다발을 집에 가져가라고 말한 기억이 난다. 고개를 돌린다. 그 순간 작은 곰과 기린 인형이 있는 진열대가 보인다. 좋은 결과에 대한 소망이 담긴 아기 담요와 용품들이 있다. 손을 뻗어 생쥐를 집는다. 폭신한 파란 생쥐가 작은 담요에 싸여 있다. 그걸 높이 들자 눈에 눈물이 고이고, 포기하고 싶다. 암 병동에 올라가 병실을 요구하면서 "죽으러 왔어요." 말하고 싶다. 하지만 생쥐 인형을 바구니에 담고 계산대로 간다. 엘리베이터를 타고 산부인과 병동으로 올라간다. 딱 한 번, 당연히 할 일을 한다.

병동에 도착하니 간호사가 다가온다. 난 침을 꿀꺽 삼킨다. 때가 왔구나 생각한다. 이제 내가 어미라는 걸, 내가 간호사라는 걸 증명해야 한다. 나를 증명해야 한다. 그런데 난 거기 서 있기만 한다.

"따님이 어머니를 뵙고 싶어 해요."

난 고개를 끄덕인다.

"어떤…무슨 일인지? 아는 게 있어요?"

간호사가 내 말을 못 들은 것 같다. 아니면 대답하고 싶지 않거나. 주머니에 든 생쥐를 꼭 누른다. 봉투에 담을 수가 없었다. 만약을 몰라 담을 수가 없었다. 혹시 몰라서.

간호사가 앞장서서 병실 문을 살짝 노크하고 문을 연다. 나는 목구멍에 걸린 덩어리를 누르려고, 덩어리가 터지지 않게 하려고 안간힘을 쓴다. 병실에서 아람이 침대를 세우고 앉아 있다. 배를 드러내고, 거기 작은 전극들이 붙어 있다. 아람이 몸을 돌리자 나도 고개를 돌린다. 공포를 누르려고 애쓴다.

"엄마."

아람이 부드럽게 말한다. 그 말투에 난 놀란다. 들어본 적 없는 말투다. 아람의 엄마 말투라는 생각이 든다. 엄마니까 저런 소리를 내겠지.

"엄마, 보세요."

아람이 내게 손을 뻗자 나는 다가간다. 전선과 기구를 보고 싶지 않아서 얼굴을 쳐다본다. 행복해 보인다. 다시 숨을 쉬고 싶지만 감히 그러지 못한다.

"소리가 들려요, 엄마?"

딸이 무슨 말을 하는지 몰라도 귀를 기울이니 빠른 리드미컬한 소리가 들린다. 퉁, 퉁, 퉁.

"태동이에요, 심장 소리. 저기 보세요."

모니터를 올려다보니 눈에 들어온다. 심장박동. 작고 빠른 심장박동. 처음에는 이해가 안 된다. 그냥 보기만 한다.

"저기 우리 공주가 있어요. 잘 하고 있어요."

아람이 말한다.

내 뱃속에서 뭔가 터져서 목구멍에 차오른다. 침대를 움켜쥔다. 고인 눈물 사이로 잘 보려고 애쓴다.

"저기 우리 공주가 있구나. 잘 하고 있구나. 잘 하고 있어."

내가 되뇐다.

내가 침대로 올라가 둘이 나란히 누워 모니터를 지켜본다. 스크린에 파장들이 넘실댄다. 오랫동안 누워서 검사 결과를 기다리고, 집에 돌아가기를 기다린다. 난 기다림에 대해 생각하지 않는다. 아무 생각도 안 한다. 똑똑히 보고 듣기만 한다.

둘이 코트를 입을 때에야 아람의 집에 찾아간 용건이 생각난다. 암. 재발했다. 온몸에 전이되었다. 위, 폐, 간 모두.

딸을 힐끗 본다. 안도한 표정이다. 너무도 충만한 표정이다. 아람은 내가 힘없이 걷는 걸 눈치 채지 못한다. 그러니 오늘은 놔두기로 한다. 오늘 하루는 생명에게 주기로 한다.

소파에 베개들과 담요로 둥지를 만들었다. 홍차까지 우렸다. 온전히 내 힘으로. 다시 항암 치료를 시작한 걸 아무도 모른다. 나 혼자 그런 일을 해나갈 수 있을 줄 미처 몰랐다. 하지만 아람과 병원에 간 날 벌어진 일이 무서웠다. 고 조그만 생명이 아람의 뱃속에서 기다린다는 사실이. 난 아가를 보호해야 한다. 평생 내가 뭔가 지킨다면 그 아기일 것이다.

아람을 낳고 난 딸을 누라 대신으로 여겼다. 누라 대신 온 아이라고. 난 아람이 안전할 거라고, 아무도 해치지 않을 거라고 생각했다. 그런데 너무 때가 일렀다. 우린 여전히 악몽의 한복판에 있었다. 고통과 슬픔은 막아지지 않았다. 아람은 벌어지는 현실의 일부가 되었다. 탄압, 전쟁, 우리의 탈출. 그런데 지금은. 여기 악에서 자유로울 수 있는 생명이 있다. 날 괴롭힌, 누라를 괴롭힌, 어쩌면 아람을 괴롭히는 악을 몰아낼 생명이. 이건 우리의 기회고, 난 무슨 수를 쓰더라도 이

걸 망치지 않을 작정이다.

혼자 치료를 받으러 가고 조용히 구토한다. 영영 비밀로 하진 못하겠지만 버틸 수 있는 한, 할 수 있는 한 아기를 지킬 것이다.

무릎에 담요를 덮고 유선 전화기를 집는다. 어머니의 번호가 단축번호로 저장되어 있다. 어머니에게 전화해서 여자 아기가 세상에 올 거라고 말하리라. 우리 새끼가. 우린 모녀 4대가 동시대를 살게 된다. 난 생각한다. '이게 내가 엄마에게 빼앗은 것을 돌려드리는 길이야.'

누군가 전화를 받기까지 아주 오래 걸린다. 기다린다. 작은 아파트지만 어머니가 굼뜨게 움직여서 시간이 걸리려니 한다. 전화를 끊지 않을 것이다, 전화를 놓쳤다고 어머니가 실망하실 테니까. 마침내 스무 번쯤 벨이 울린 후에야 낯선 목소리가 들린다. 이웃사람이다. 몇 마디 인사말을 주고받고 나서 어머니가 집에 계시냐고 묻는다.

"이런, 아무도 말해 주지 않았구나? 네 어머니는 구급차에 실려서 병원에 가셨는데!"

"왜요?"

나도 모르게 굳은 목소리가 나온다. 이웃 부인의 잘못이 아닌데도 힐난조로 말이 나간다. 모녀 4대가 한 세상에 살게 생겼는데! 어머니는 새 누라를 안게 될 것이다. 내가 새 누라를 안겨 드릴 텐데!

"네가 그쪽에 전화해 보는 게 좋겠구나."

이웃 부인이 말하고 전화번호를 알려 준다. 나는 말없이 받아 적는다. 고맙다는 인사도 없이 전화를 끊는다.

언니들에게 전화를 걸기 시작하지만 아무도 전화를 안 받는다. 한 명도 빼지 않고 다시 전화를 걸기 시작한다. 마침내 마리암이 전화를 받는다.

"언니, 무슨 일이야?"

"아무 일도 아냐."

마리암이 대답한다. 그러고는 입을 다문다.

"엄마가 병원에 계시는 거 나도 알아. 아무도 내 전화를 받지 않아. 그러니까 무슨 일이 있는 게 분명해. 말해 줘!"

"넌 걱정할 필요 없어. 몸조리에만 신경 써! 여기 일은 우리가 알아서 할 테니까."

마리암이 말한다.

"안 돼, 안 된다고. 지금은 아냐. 제발, 지금은 안 돼."

난 베개를 집어 얼굴을 묻고 소리친다.

"언니, 엄마랑 통화하고 싶어. 엄마한테 얘기해야 해. 어디 계셔?"

마리암이 다른 사람과 소곤대며 대화하는 소리가 들린다. 가족들이 날 어떻게 해야 될지, 뭐라고 말할지 의논하는 소리가 들린다.

내가 소리친다.

"마리암, 엄마가 어디 계시냐고?"

"제발 진정해. 자, 자."

언니가 말을 멈추었다가 잇는다.

"어머니가 뇌졸중을 일으키셨어. 지금 …의식이 없으셔. 다시 깨실 수 있을지 확실하지 않아."

"아니, 아냐. 엄마는 깨실 거야! 언니가 어머니를 깨워야 해, 마리암. 소식이 있어. 아람의 아기가 딸이야. 난 엄마한테 그 얘기를 전해야 해."

마리암은 말이 없다, 강인한 언니인데. 숨을 고르면서 진정하려고 애쓰는 기척이 들린다. 언니는 여전히 날 보호하려고 애쓴다, 성공한 적이 없는데도. 가족들 모두 마찬가지였다. 이제 어머니가 죽어 가시는데 아무도 날 도와주지 못 한다. 언니들이 어머니를 깨워서 날 도와줘야 된다!

"마리암, 언니가 엄마 깨어나게 해야 해. 내 말 듣고 있어? 난 엄마랑 얘기해야 된다고. 꼭 그래야 돼, 마리암. 언니는 이해 못 해."

"내가 나중에 전화할 게."

마리암이 말하고 전화를 끊는다. 그게 다다.

나는 소파에 엎드려 베개 더미에 얼굴을 묻고 태아처럼 웅크리고 운다.

"엄마, 엄마……."

몸을 흔들어 평안을 얻어 보려고 한다. 소파 옆에 놓인 구토용 양동이를 응시한다. 마시다 만 식사 대용 음료가 카펫에 놓여 있다. 난 혼자다. 살이 저미듯 외롭다. 고독이 몸에 무겁게 내려앉는다. 온몸으로 그 무게가 느껴진다. 팔을 올려 뺨의 눈물을 닦아 내려 하지만 팔이 툭 떨어진다. 움직일 수가 없다. 갑자기 눈앞에서 방이 빙빙 돌면서 번뜩인다. 회전목마가 점점 더 빨리 돌아가는 것만 같다. 내리고 싶다! 내리고 싶은데 그러지 못한다.

마수드가 집에 돌아와 사베르의 사망 소식을 알린 저녁은 희망이 죽은 밤이었다. 다시 시작할 희망이 죽었다. 그 밤, 마수드는 딸을, 내 분신을 안아 들고 날 때리기 시작했다. 고통에서 고통 아닌 것을 만들려는 희망이 죽어버렸다. 우리는 머물 수 없었다. 자신을 보호할 수도, 우리 딸을 지킬 수도 없었다.

그는 발길질을 마치자 여전히 아람을 안은 채로 뒤로 물러났다. 아기가 자지러지게 울어서 난 생각했다. '이제 저들이 올 거야, 언제라도 들이닥칠 거야.' 아기가 그렇게 우는 집이라면 죄인들이 살 게 뻔했다, 처형되어야만 하는 부류가. 마수드가 뒷걸음치다 벽에 부딪쳤고, 그 순간 주저앉았다. 난 그가 아기를 떨어뜨릴 거라고 생각했다. 모든 일이 너무 격하게 벌어졌기에 한 걱정이었지만 그런 일은 없었다. 마수드가 아람을 꼭 안았다. 마음이 진정되었다. 이상하게도 혼란의 와중에 난 차분해졌다. 속으로 중얼댔다. '마수드가 아람을 데리고 있어. 아기를 때리거나 걷어차지 않을 거야. 내가 이 카펫에서 일어나지 못하더라도 이 사람이 아기를 데리고 있어. 마수드는 아람을 놓지 않을 거야.' 그 순간 난 거기에만 매달렸다.

마리암이 남편에게 처음 구타당할 때처럼 마수드는 날 발로 찼다. 거기 널브러져서 그 생각을 했다. 이제 다시 일이 벌어지는구나, 똑같은 일이 다시 벌어져. 같은 일이 반복되면 원래 그런가 보다고 생각하게 되기 마련이다. 늘 원래 그런가 보다고.

우린 그 자세로 얼어붙었다. 그는 벽에 기대앉아서. 아람은 그의 겨드랑이에 이마를 대고 작은 궁둥이를 내게 돌리고 안겨 있었다. 나는 러그 위에 쓰러져 있다. 뺨이 거친 바닥에 쓸렸다. 속눈썹은 광대뼈에 닿았다. 충격이 우릴 휘감았던 것 같다. 그랬다고 믿고 싶다. 충격이 우릴 서로 치고받는 사람들로 바꿔 놓았다고 믿고 싶다. 그로 인해 본모습으로 돌아갈 길을 못 찾고 다른 사람들이 되어버렸다. 혹은 될 수 있었던 사람으로 갈 길을 못 찾고. 우린 그렇게 얼어붙었고 오래도록 못 움직였다. 마침내 아람이 잠잠해졌다. 잠들었다. '우린 틀린 길을 선택했어.' 하고 생각했던 기억이 난다. 이미 그때도 알았다. 우린 여기서 꼼짝 않고 있을 형편이 아니었다. 가야 했다. 다른 사람들에게 경고해야 했다. 새 은신처를 찾아야 했다.

*

동틀 무렵에 깼다. 아람이 칭얼댔고 그 소리에 우리 몸이 반응했다. 우린 서로 쳐다보지 않았다. 창피했겠지, 둘 다 굴욕감을 느꼈을 것이다. 그 시절에도 난 굴욕감을 느낄 이유가 있다고 생각했다. 남편에게 얻어터지는 부류의 여자였으므로. 그런 내가 창피했고, 내가 선택한 상대가 부끄러웠다.

우린 한 마디 말도 없이 일어나 짐을 꾸리기 시작했다. 짐이 별로 없었다. 옷가지 몇 벌. 담요 두어 장. 혼례에 쓴 그릇 몇 점. 다른 세간은 시댁에 두고 떠났다. 당분간일 줄 알았다. 이 바람이 잦아들 때까지만. 모든 상황이 다시 잠잠해질 때까지만. 그런데 그 새벽에 옷가지를 작은 가방에 꾸리면서 그렇게 되지 않으리란 걸 직감했다. 이 상황이 끝나지 않으리란 걸, 잠잠해지지 않으리란 걸. 가정을, 삶을 꾸려나갔을 세간살이와 가재도구들을 남의 창고에 두고 떠났다. 곧 누군가 창고에 들어가 생각하겠지. 이 서랍장이나 옷을 갓 태어난 딸을 위해 빌려 써야겠다고. 내가 뜨개질하거나 어머니의 재봉틀로 만든 옷들인데, 일일이 내 손으로 지었는데.

짐을 꾸리고 내가 아기 띠를 몸에 두르자, 마수드가 아람을 띠 안에 넣어 주었다. 아기는 죽은 듯이 조용했다. 사정을 아는 것처럼, 모든 걸 알기라도 하는 듯이. 우린 계단을 내려갔다. 어깨에 소형 카펫을 매고 양손에 작은 가방을 든 청년.

아기를 안은 젊은 여자. 우린 살그머니 문을 열었고, 마수드가 고개를 내밀고 거리에 인적이 없자 내게 손짓을 했다. 우린 어슴푸레한 새벽 빛 속으로 걸어 나갔다. 어디로 가는지도 모르고 가능한 멀리 가려고만 했다.

마수드는 소리 죽여 울었다. 난 그가 사베르 때문에 우는 걸 알았다. 나 때문에도 울기를 바랐다. 나한테 한 짓 때문에. 하지만 그건 아니었을 거다. 마수드는 기억도 못 했을 것이다. 그는 매번 구타를 멈추면 곧 잊었을 것이다. 즉시 그 일을 제쳐버렸다.

*

우리는 도심인 이맘 후세인 광장에 서 있었다. 당시 지명은 그게 아니었다. 광장의 이름이 달랐다. '이맘'이 들어가지 않는 지명이었는데 뭐였는지 기억나지 않는다. 마수드는 전화부스에 들어가서 새 거처를 구하려고 애썼다. 나는 아직 해 뜨기 전인데도 정신없이 오가는 인파를 보면서 겁에 질렸다. 최근 공습에 그을린 흔적들을 보았다. 병사들이 내가 있는 쪽으로 다가왔다가 지나갔다. 두근대는 가슴에 아람을 꼭 붙이니, 아이의 몸에서 내 심장박동이 느껴졌다. '여긴 아이가 있을 곳이 아냐.' 하고 생각했다. 우린 여길 빠져나가야 해.

"집을 구했어."

마수드가 말하면서 다시 가방을 들었다.

내가 움직이지 않자 그가 의아한 눈길을 던졌다.

"마수드, 우린 여길 빠져나가야 해."

"가는 중이잖아, 가자구!"

하지만 난 그 자리에 서 있었다.

"아니, 그런 뜻이 아니야. 내 말은 우린 빠져나가야 된다고. 탈출해야 해. 이란을 떠나야 돼, 마수드."

바로 그때 아람이 목에서 쿨럭 소리를 내면서 이도 나지 않은 입을 벌리고 웃었다.

우리 둘 다 딸에게 눈을 돌렸다. 아이에게 생기 넘치는 순수한 기쁨이 흘러나왔다. 그때 우리도, 먼저 마수드가 다음으로 내가 웃음을 터뜨렸다. 우린 공포 한가운데 웃었고, 그는 내 어깨에 팔을 두르고 끌어당겼다. 불편하고 겁나야 마땅하다는 걸 이제야 깨닫는다. 내 딸을 품에 안고 날 피멍이 들도록 때린 남자를 마주한 마당 아닌가. 그런데 난 그러지 않았다. 안식처를 구하느라 그에게 몸을 기울였다. 내 삶에서 그가 가장 안전한 곳이었다. 그가 가장 안전하지 않은 곳임을 깨닫는 데 오래 걸렸다.

*

몇 주 후 마수드는 갈색 봉투를 겨드랑이에 끼고 집에 돌아왔다. 스웨터가 땀에 절고 손을 덜덜 떨었다. 이사한 창 없는 방에서 난 아람과 바닥에 앉아 있었다. 아기는 우리 집이나 다름없는 소형 카펫 위에서 빙글빙글 기었다. 아기가 어떻게 그럴 수 있는지 난 이해되지 않았다. 빛도 없고 통풍도 안 되는 곳인데. 아람이 그 진공 상태에서 기운을 내는 게 놀라웠다.

마수드가 봉투를 열고 담긴 것을 꺼내 보여 주었다. 작은 것 세 개. 종이와 잉크로 된. 앞면은 간단했다. 하지만 난 경악했다.

주저하면서 말했다.

"마수드, 마수드!"

그는 주저앉더니 내 무릎을 베고 옆으로 누웠다. 여전히 몸을 떨었고, 그제야 난 아드레날린 때문임을 알아차렸다. 두려움과 아드레날린. 마수드는 내 치마폭에 머리를 묻었고 난 머리를 쓰다듬어 주면서 작은 수첩 세 개를 처다보았다. 그것들이 통하지 않으면 어쩌지? 일이 틀어지면? 이것들을 사용했는데 모든 게 지옥이 되어버리면 어쩌나.

맨 위에 있는 여권을 집었다. 진짜 같았고, 손에 전해지는 무게감이 적당했다. 펼쳐서 넘겼다. 내 사진이 붙어 있고, 이름은 누라 푸레흐로 나와 있었다. 가명이었다. 눈을 꼭 감았다. 이제 이런 일이 벌어졌다, 진짜 벌어지고 있었다. 우린 탈출할 거고, 난 이 사람이었고 이 사람이 될 터였다. 가짜 인물,

내 동생 누라가 계속 함께할 터였다, 그림자처럼.

다른 여권을 펼쳐서 사진을 보았다. 마수드, 큰 눈에 겁에 질린 모습이었다. 그리고 딸. 내 새끼. 한 살 배기가 배시시 웃고 있었다. 어린 아이가 왜 떠나야 되는지 의아했다. 왜 아기가 왜 탈출해야 되나. 아이가 이 나라를 생각하면 뭘 떠올리게 될까. 모르고 살아갈 모국. 내 딸이 어떻게 될지 궁금했다. 이 아이가 어떻게 될지가 가장 궁금했다. 세타레(Setareh, 페르시아어로 별, 운명이라는 뜻_역주)란 이름이었다. 마수드가 이름을 골랐고, 괜찮은 선택이란 생각이 들었다. 밤에 우리를 이끌어 주는 별.

"우리 딸을 위한 일이지, 맞지?"

마수드가 날 올려다보았다.

"그러길 바라지."

그의 대답을 듣자 그 순간 우리도 아이가 된 기분이었다. 스물네 살의 진 빠진 아이들. 우린 뭘 하는지도 몰랐다. 우린 책임이 있다고, 딸을 위해 탈출해야 된다는 말만 늘어놓았다. 딸이 부모를, 제 생명을 잃어선 안 된다고. 아이는 미래를 누릴 자격이 있었다. 그게 우리가 싸움에서 빠지는 이유였다. 양가 가족을, 조국을 떠나는 이유였다. 우리가 그들을 버리고 배신하는 이유. 한데 모르겠다. 정말 그 때문이었을까. 우리 자신을 위해 한 일이라는 생각이 든다. 이기적인 이유 때문에. 우린 누라, 로즈베, 사베르처럼 생을 마감하고 싶지 않았으니까.

죽고 싶지 않았기에.

*

위조 여권은 비쌌다. 공항을 빠져나가는 비용도 비쌌다. 그 돈은 우리가 지불하지 않았다. 처음에 마수드는 돈이 어디서 났는지 알려 주지 않으려 했다. 꼭 필요한 사람 이외에는 개입시키지 않았다. 개입시킨 사람들도 필요 이상으로 깊이 끌어들이지 않았다. 나중에서야 난 시숙부가 돈을 댔다는 걸 알았다. 우린 그에게 자유를 빚졌다.

마수드는 내가 어머니에게 사실을 알리지 않기를 바랐다.

"어머니를 위해서야."

그는 그렇게 말하다가 마음을 바꿔 다시 말했다.

"우리를 위해서야. 어머니가 어떻게 나오실지 알잖아. 고래고래 소리치고 통곡하기 시작하면…, 남의 이목을 끌 테고 결국 조사받고 어떤 일을 당하실지 누가 알겠어."

"엄마한테 작별 인사도 못 하고 조국을 떠나야 된다는 거야, 마수드? 그게 당신이 바라는 바야?"

우린 작은 방에서 카펫에 앉아 소곤댔다. 처형당할까 봐 너무나 두려웠다. 저들이 어디 있는지, 어떻게 도청하는지 알 도리가 없었다. 우리에 대해 알거나 얼마나 아는지도 오리무

중이었다.

하지만 사베르는 다 알았다. 우리 그룹에서 오직 사베르만 전 조직원의 신상 정보를 파악했다. 우린 집회를 시작하기 전 눈을 가려서 동지들의 생김새를 보지 못했다. 그러면 서로 알아볼 수 없을 터였다. 체포되면 어떤 일을 당하는지에 대한 일화를 많이 들었다. 저들이 차에 태워 시내를 데리고 다니면서 낯익은 얼굴을 골라내게 했다. 회합 참석자들. 밤에 유인물을 돌린 조직원들. 우리 같은 사람들. 그런데 그건 시작에 불과했다. 고문·강간·처형 위협이 이어졌고, 정보를 더 요구했다. 조직원의 이름을 더 밝히라고. 우린 서로 모르는 사람들이어야 했다.

그런데 사베르, 그는 다 알았다. 그의 사망 소식을 듣자, 우린 슬픔과 더불어 본인의 안위에 대한 공포를 느꼈다. 저들이 사베르를 죽이기 전에 무슨 짓을 저질렀을까? 그 고통스런 마지막 시간에 사베르는 우리에게 얼마나 신의를 지켰을까? 난 마음 한구석으로는 그가 배신했다고 믿고 싶었다. 그래야 나만 배신자가 아닌 게 될 테니까.

출국 준비에 꼬박 몇 달이 걸렸다. 우린 가방을 싸들고 유목민처럼 도시 변두리를 옮겨 다녔다. 동지들이 점점 많이 체포된다는 소문이 들렸다. 다들 계속 거처를 바꾸었지만 흔적을 남겼다. 불가피한 일이었다.

마수드는 이렇게 다수가 체포되는 게 사베르의 잘못이 아니라고 앵무새처럼 되뇌었다. 사베르가 동지들의 이름을 발설했을 리 없다고. 절대 아닐 거라고.

"사베르가 함구하니까 놈들이 죽인 거지!"

마수드는 자기 확신이 필요한 듯이 말을 했고, 난 토를 달지 않았다. 나도 몰랐으니까. 그저 아람을 안고 옛 노래를 불러주고 속삭였다.

"괜찮아, 다 괜찮아."

나도 괜찮다고 믿으려고 애썼다. 사실 무서워 죽을 지경이었고, 죽음이 두려울 뿐 아니라 면목이 없었다. 혼란을 부추

긴 장본인들이면서 탈출하는 게 면목 없었다. 로즈베와 그의 부모님에게 면목 없었다. 신념이 부족해서 면목 없었고, 취조 받으면서 아무런 주장도 못 해서 면목 없었다. 어머니를, 딸을 둘이나 잃는 처지에, 전쟁통에, 조국을 빼앗기는 혁명의 구덩이에 두고 가는 게 너무도 면목 없었다. 염치없었고, 그 와중에도 다 아람을 위한 일이라고 자위했다. '이건 아람을 위한 일이야.' 나중에, 아주 나중에 다른 면으로 사정이 어려워졌을 때, 언어가 통하지 않고 '타올 헤드'(아랍인들을 조롱하는 표현_역주)로 불렸을 때, 사람이 이런 추위에서 어떻게 살 수 있는지 의아했을 때 우린 말했다.

"이건 다 자식들을 위해서야."

하지만 우리의 영웅심은 그리 대단하지 않았다.

*

시아버지만 우리의 탈출을 알았다. 시아버지와 비용을 대준 숙부만. 물론 난 그 사실을 밝힐 수 없었다.

"당신 아버지가 아는데 왜 우리 엄마는 알면 안 된다는 거야?"

마수드는 지친 눈으로 날 응시했다.

그가 대답했다.

"제발, 불필요한 곤란은 만들지 말아. 안 그래도 힘들다고.

안 그래도 너무 힘들다고."

아무튼 어머니한테 사실을 알리겠다고 생각했다. 몰래 친정에 다녀올 작정이었다. 어머니에게 가서 오랫동안 끌어안고 전부 털어놓으리라. 다 괜찮을 거라고 말해야지. 이건 패배가 아니라 승리라고. 아람에게 승리고 우리에게도 승리라고. "저희가 떠나는 것은 엄마가 저희까지 잃는 일이 없게 하기 위해서예요." 이렇게 말하려고 했다. 그러면 이해하시리라. 날 꼭 안아 주시겠지. 누라 일을 용서하고, 걱정하지 않게끔 매사 알아서 해 줘서 고맙다고 하시겠지.

하지만 사실은 다르리란 걸 난 알았다. 어머니는 바닥에 엎드려 자기 뺨을 때리면서 자식들을 빼앗아가는 신과 근본주의자들에게 악담을 퍼부을 터였다. 악을 쓰면서 자기 몸을 때리면 이웃들이 나와서 무슨 일인지 물을 테고, 어머니는 큰 소리로 대답할 터였다. 구경꾼 중 누군가 남들과 다른 눈으로 날 쳐다볼 테고, 슬그머니 빠져나가 수화기를 들고 신고하리라. 내가 어머니를 바닥에서 일으킬 새도 없이 승합차가 집 앞에 멈추고, 수비대들이 뛰어 내려와 나를 잡아갈 터였다.

난 마수드가 옳다는 걸 알았다. 하지만 분노가, 화가 온통 그에게 쏠렸다. 우리가 어머니한테 누라를 빼앗았으면서, 이제 그는 나까지 빼앗았다. 그런 그를 켤코 용서할 수 없었다.

난민 캠프에 들어가서야 마침내 전화기를 쓸 수 있게 되었다. 이란을 떠난 지 몇 주 지났고, 어머니와 연락한 지도 몇 주 지난 시점이었다.

캠프는 작은 시골 외곽의 숲속에 있는 작은 오두막집들이었다. 나온 후로 다시는 찾아가지 않았다. 아름다운 곳이었다. 근심에 짓눌려서도 멋진 곳인 걸 알 수 있었다. 숲이 아름다웠다. 동네가 예뻤다. 난 벤치에 앉아 아람을 무릎에 앉히고 저길 보라고 말하곤 했다. 키 큰 소나무들, 이끼, 큰 바위들. 지저귀는 새를, 목줄에 묶여 지나가는 개를 손짓했다. 그네에 앉히고 밀어 주면 아람은 허공에 드리운 푸른 가지에 닿을 듯이 올라갔다. 까르륵대면서 웃었고, 그 숲속에서 걷고 뛰기 시작했다. 공기와 빛이 풍성했고, 한 가지는 확실하다는 생각이 들었다.

"여기가 더 나은 건 확실해."

혼잣말로 그렇게 중얼거렸지만 믿기지는 않았다.

캠프 안내석에 전화기가 있다. 타이머가 가동되어 나중에 통화료를 지불해야 했다. 당시 이란까지의 국제전화비는 아주 비쌌고, 우린 돈이 없었다. 마수드는 붙어 앉아서 짧게 통화하라고 재촉했다. 난 어떻게 그럴 수 있는지 의아해서 그를 쳐다보았다. 어머니에게 다른 대륙으로 탈출했다고, 다시는 못 만날지 모른다는 말을 어떻게 해야 하나. 그런 얘기를 어떻게 짧게 끝내나.

두어 번 시도 끝에 전화가 연결되었다. 돌이켜 보면 우린 연락하려고 고군분투했다. 가족들, 양가와 영원히 연락이 두절될 것만 같았다. 하지만 마침내 통화가 되었고, 내가 어머니의 목소리를 듣기를 기다리면서 얼마나 전화선을 당겼던지 안내원이 손을 꼭 잡았다.

"여보세요!"

어머니가 초조하게 말하자 난 불안하게 마수드를 쳐다봤다. 전화를 끊는 게 더 편할 것 같았다. 통화하지 않는 게 한결 쉬울 터였다. 전화하지 말 것을.

"엄마."

목소리가 떨렸고 난 나오는 대로 말하기로 했다. 내 안에서 소리가 나오는 대로.

"어…엄마."

어머니가 우는 소리, 흐느끼는 소리가 들렸다. 전화선 너머로 같이 우는 사이 몇 분이 흘렀다. 마수드의 시선은 타이머에 쏠렸다. 이렇게, 꼭 이럴 거라는 생각이 들었다. 전화기를 붙들고 같이 흐느낀다. 전화를 걸어 상대의 목소리를 들을 때마다 그러겠지. 오랜 세월 어머니와 나는 그랬다.

타이머를 보니 3분 26초가 지났고, 아직 한 마디도 주고받지 않았다. 나와 마수드의 눈이 마주쳤다. 그는 미안한 표정을 지으면서 전화기의 후크를 눌렀다. 어머니의 목소리가 사라져 버렸다.

"괜찮아. 어머니가 벌써 사정을 다 아시잖아."

난 어머니가 사돈에게 들은 걸로는, 사정을 아는 걸로는 부족하다고 말하고 싶었다. 내가 직접 설명하고 싶었다. 어찌된 일인지 얘기해 드리고 싶었다. 하지만 아무것도 하지 못했다. 전화기를 가슴에 당겨서 꼭 안았다. 흐느끼면서 꼭 안고 있었다.

마수드가 난처해하며 옆에 서 있었다. 짐작할 수 없는 일들이 있다. 자기 아픔이 아주 크면 남의 슬픔에 함께하기가 얼마나 어려운지 모른다. 결국 그는 걸어 나갔고 안내원이 그 자리에 섰다. 사실 그녀는 안내원이 아니라 난민을 관리하는 직원이었다. 상처 받은 영혼을 보살피는 게 소임이었다. 그녀는 한참 내 옆에 서 있으면서도 어쩌면 좋을지 몰랐다. 어떻게 해야 될까. 그래서 날 끌어안았다. 나는 넉넉한 엄마 같은 품에 안겼고, 그녀는 꼭 안아 주면서 같이 울었다. 나를 안고 흔들 때 그녀의 상체와 팔뚝이 흔들렸다. 그게 목 놓아 울게 만들었다. 안아 주던 사람들을 잃고 낯선 사람이지만 남의 품에 안긴 느낌.

안내원의 이름은 소냐였다. 난민 센터에는 툭하면 눈물바람이 벌어졌고, 소냐는 우리 모두와 울어 주었다. 위로를 주었다. 소냐를 찾을 수 있으면 좋겠다. 지금 내게 다른 소냐가 있으면 좋겠다.

어머니는 자신을 버리고 떠난 날 용서하지 않았다. 난 용서받을 날이 오기를 바랐다. 우리의 탈출이 실보다 득이 큰 걸 아실 날이 오겠지. 어머니는 그걸 인정하지 않았다. 뭘 했건 중단하고 숨으면 그만이었다는 게 어머니의 생각이었다. 정치와 혁명을 피해 숨으면 그만이었다. 산골짜기 마을을 찾아서 세상이 잠잠해질 때까지 지내면 그만일진대. 전쟁은 우리가 떠나고 몇 년 후에 끝났다. 전쟁도 얼마든지 피할 수 있었을 터였다. 마수드가 전쟁터에 나가지 않게 피신하면 그만이었다. 그게 아니라도 최소한 전쟁이 끝난 후 고향으로 돌아갈 수도 있었다.

"다 그렇게 풀렸더라도, 엄마 말대로 되었더라도 저희는 이슬람 독재 치하에서 살고 싶지 않아요."

한 번은 통화하면서 그렇게 말했다. 그 즉시 전화가 끊겼다. 멀리서 직직 소리가 났다. 밤에 텔레비전에서 프로그램

이 끝나고 나오는 소리랑 비슷했다. 그러고는 잠잠해졌다. 다시 전화를 걸었지만 없는 번호라는 자동 안내가 흘러나왔다. 일시적인 현상이었지만 그때는 저들에게 어머니를 빼앗긴 줄 알았다.

도청당하는 걸 알 수 있었다. 누군가 수화기를 들면 딸깍 소리가 났다. 잡음. 어떤 때는 사람들 목소리. 이따금 목소리가 들리다 말았다. 딸깍 딸깍 딸깍 딸깍. 그들에게 소리치고 싶은 충동을, 우릴 내버려두라고 악쓰고 싶은 충동을 눌러야 했다. 우린 탈출했다. 거기 없었다. 우린 그들과 상관없었다. 하지만 감히 소리치지 못했다. 어머니가 여전히 거기 사는데, 내가 더 곤란에 빠뜨릴 수는 없었다. 이제껏 힘들게 한 것만도, 아무도 견디지 못할 만한 고통이었다.

*

이제야 소식을, 희소식을 전하게 되었는데 어머니와 통화하지 못한단다. 어머니가 말을 못 한다고 한다. 병상에 무의식 상태로 누워 있다고, 다시는 어머니와 대화하지 못할 수도 있다고.

'꼭 말씀드려야 해.' 난 거기 어둠 속에서 의식 없이 누워 생각한다. 단어 하나하나가 내 안에서 메아리친다. '꼭 말씀드려야 해. 꼭 말씀드려야 해.'

눈을 뜨지 못하지만 여기가 어딘지 안다. 냄새로 알아차린다. 소독약 냄새와 역겨움이 동시에 밀려든다. 벌어진 상처, 감염된 폐, 문드러지는 몸뚱이. 나는 입술을 달싹이려고, 저항하려고 애쓴다. 집에 가고 싶다고 말하고 싶다. 그런데 입술이 건조하다, 말라붙었다. 내 뜻대로 움직여지지 않는다.

아람이 내 손을 잡는다. 약간의 미동이라도 있기를 기다리면서 침대 옆에 서 있는 게 분명하다.

"엄마. 엄마, 저 여기 있어요."

나는 노력을 멈춘다. 스르르 눈꺼풀이 감긴다. 나는 다시 사라진다.

다시 정신을 차리니 눈꺼풀이 저절로 떠진다. 방이 어둡다. 썰렁하다. 몸에 기계가 연결되었고 기계음이 들린다. 규칙적으로 "삐" 소리가 난다. 크게 숨을 내쉰다.

"살았구나. 살아 있어."

중얼대면서 빨간 버튼을 찾는다. 힘껏, 오래 누른다. 그런다고 다를 게 없는 걸 알면서도. 힘껏 누르나 아니나 저쪽에 들리는 소리는 똑같다. 그래도 죽을힘을 다해 누른다.

"나, 살았어요!"

간호사가 병실에 들어오자 내가 소리친다. 나이 든 간호사는 땅딸막하고 푸근하다. 그녀가 웃으면서 말한다.

"행운아시네요!"

간호사가 다가와서 내 손을 잡는다.

"깨어나셔서 다행이에요, 나히드. 따님이 매일 찾아와서 어머니가 깨시기를 기다렸어요."

나는 그녀의 손을 꼭 쥔다, 너무 힘껏 잡아 아플 것이다.

"어떻게 된 거예요? 내가 어떻게 된 거죠?"

"뇌졸중을 일으키셨어요, 나히드."

뇌졸중. 어머니처럼.

"아시잖아요, 그런 일이 생길 수 있어요. 종양 때문에."

안다. 알고 있다. 하지만 그러고 싶지 않다. 뇌졸중을 앓기 싫다. 종양은 질색이다.

"어머니랑 통화해야 해요."

간호사가 고개를 끄덕이고 내 팔에 꽂힌 관들을 만지작거린다.

"네, 그럼요. 곧 그러세요, 밤이 지나갈 테니."

간호사가 내 말을 진지하게 듣지 않는 걸 나도 안다. 그녀는 내가 환각에 빠진 걸로 생각한다. 사람들이 죽기 전에 그러는 걸 나도 안다. 전에 간호한 노인들은 늘 어머니를 외쳐 불렀다. 가끔 난 복도의 의자에 앉아 귀를 기울였다. 고통의 교향악. 생의 마지막 순간. 누구나 어머니를 부른다.

"정신이 말짱해요. 무슨 말을 하는지 다 알아요. 부탁이에요. 내 휴대폰을 줘요. 어머니에게 전화해야 해요."

그녀가 내 머리를 토닥인다.

"지금은 한밤중이에요, 나히드."

"못 알아듣는군요, 난 어머니가 필요하다고요. 긴급 상황이에요!"

"자, 자."

그녀가 중얼대고 도구를 챙긴다. 그러더니 가버린다.

빨간 버튼을 집어서 다시 꽉 누른다. 하지만 간호사가 다시 와 주지 않으리란 걸 이미 안다. 그녀는 내가 전에 노인들을 봤던 시각으로 날 본다. 눈물이 베개를 적시고, 움직이기 어렵지만 고개를 젓는다. 난 노인이 아냐! 내가 간호한 생의 마지막을 앞둔 환자들. 아흔 살, 심지어 백 살이 넘은 노인들이었다. 왜 나는 더 살지 못할까. 왜 이만큼밖에 못 살까.

죽을 거라는 생각이 든다. 진짜로 죽을 것이다.

"왜 저한테 알려 주시지 않았어요, 엄마? 왜 아무 말도 안 하셨어요?"

아람이 내 옆에 앉아서 머리를 쓰다듬어 준다.

내가 대답한다.

"내가 알아서 하고 싶었어. 스스로 감당하고 싶었거든."

"그러시지 않아도 돼요, 엄마. 제가 있는걸요."

딸을 보호하고 싶었다고 말하고 싶지만 사실이 아님을 안다. 난 아기를 보호하려고 했다. 내 손주를. 내 불멸을 지키고 싶었다. 나 자신을.

"암은 다시 사라질 거야. 지난번에도 없어졌어. 이번에도 그럴 거야."

내가 말한다.

아람이 등을 기대고 손을 배에 올린다. 남산만하다. 그렇게 말하니 아람이 웃음을 터뜨린다. 다시 온화하다. 눈빛에서 행복이 읽힌다. 아람은 버블 속에 있는 것 같고, 거기에 내 자리는 없다.

아람을 감싼 너그럽고 평온하고 행복한 버블은 아기를 위한 것이다. 나는 아람이 처리할 일거리다. 자기 세계로 되돌아가기 위해 처리해야 될 업무. 난 생각한다. '내가 죽어도 아람은 그리워하지 않겠구나.' 새 것, 나보다 훨씬 나은 게 생길 테니. 아람의 인생에서 그 아기가 내 자리를 차지할 테고, 쏠쏠한 맞교환으로 여겨지겠지. 엄마가 죽는 대가로 아기가 생겼고, 그럴 가치가 있었다고 느낄 테지. 아람은 그렇게 생각할 것이다. 누군가에게 그 말을 하겠지, 어느 날인가. 난 생각한다. '이건 결국 경사가 아니었어. 아기가 오는 건.' 이런 생각도 한다. '아기 때문에 난 혼자 죽을 거야, 더 외롭게 죽게 생겼네.'

매일 언니들에게 전화한다. 다들 어머니 안부를 전해 주지만 그 말이 사실인지 모르겠다. 어머니는 아직 입원 중이라고 한다. 이제 의식이 돌아왔다고. 하지만 하루 몇 분간만 문병을 받는다. 그리고 옆에 전화기가 없다.

"하지만 언니가 엄마한테 전해 줄 수 있지, 마리암? 아람이 딸을 낳을 거라고 말해 줄 수 있지?"

"우린 어머니를 흥분시키지 않으려고 해. 의사들이 감정이 격해지면 안 좋다고 해서. 너도 알지, 나히드? 그게 어머니한테 안 좋잖아?"

난 소리치고 싶지만 속으로 삭인다. 그러는 게, 자제력을 발휘하는 자신이 대견하다. 언니들이 나와 어머니를 갈라놓지만, 난 그런 푸대접을 받을 만하다. 어머니와 언니들을 버리고 떠난 장본인이 나니까. 내 권리는 오래전에 소멸되었다. 그래서 하루 몇 번씩 꾸준히 전화한다. 그들의 말투로 무슨 일이 생겼는지 파악하려고 애쓴다. 하지만 어머니가 돌아가셨을 수도 있다는 걸 안다. 이미 저세상으로 떠나셨을지 모른다. 언니들은 내게 알려 주지 않을 것이다, 당장은. 그런다고 뭐가 다를까? 너무 오래 끌면 내게 말할 필요조차 없어질 텐데.

주치의는 화학요법 치료를 다시 중단하려 한다. 크리스티나는 뇌졸중 때문에 위축되었다. 내 몸 상태가 부실하다고 평가한다. 항암 치료가 날 죽일 거라고 생각한다. 그녀는 방사선 치료로 큰 종양이든 뭐든 잡히는 대로 제거하려고 한다. 하지만 방사선 치료가 날 구하지 못하리란 걸 다들 안다.

아람은 방사선 치료에 희망을 건다. 효과가 있을 거라고 믿는다. 같이 의사와 면담한 후 아람이 말한다.

"받으셔야 해요, 엄마. 뭐든 할 수 있는 건 다 해야 돼요."

"방사선이 암을 죽일 수 있었다면 처음부터 의사가 그걸 했겠지. 소용없는 일이야."

"포기하시면 안 돼요, 엄마. 제 말 듣고 있어요? 포기하면 안 된다고요. 방사선 치료를 받아보세요. 지금 중단해선 안 돼요. 지금은 안 돼요."

딸이 진심으로 내가 살아 있기를 바라는지 궁금하다. 아니면 그저 빈말일까. 그렇게 말해야 되니까 말하는 것뿐이려나.

탈출이, 과연 우리가 벌인 일이 옳았는지 자주 생각한다. 옳고 그름. 세월이 흐르고 상황이 복잡하게 뒤엉키면 뭐가 옳고 그른지 가르기 어렵다. 때로는 옳음과 그름이 반대 개념인지, 혹은 같은 것의 다른 표현일 뿐인지 궁금하다.

생사의 측면에서 보면 탈출은 옳은 선택이었다. 그건 간단한 얘기일 것이다. 우린 정치적인 박해와 전쟁에서 탈출했다. 생존의 최대 가능성은 탈출이었다. 또 우린 생존했다. 살아남았다. 30년간 살아남았다.

그런데 양가 형제자매들은 여전히 살아 있다. 우리가 탈출할 때 살아 있던 사람들은 다 생존한다. 1984년까지 죽지 않은 이들은 여전히 살아 있다. 반면에 마수드는 죽었다. 나도 죽음을 앞두고 있고.

왜 마수드의 심장이 멈추었을까? 왜 암이 내 몸을 공격했을까? 그런 의구심이 들겠지. 하지만 동시에 어떻게 우리의 심장이 그리 오래 뛸 수 있었을까? 우리의 몸뚱이가 위조 여권을 들고 비행기에 오른 날 이후 벌어진 온갖 일들을 어떻게 견딜 수 있었을까?

　뉴스를 본다. 무수한 난민들이 바다로 몰려나온다. 세상이 바뀌었다. 우리가 탈출했을 때 가장 큰 난관은 조국을 빠져나올 방법이었다. 그 길이 생기면 항공권을 샀다. 자유를 향해 날았다. 요즘 난민들 말이다. 이들은 1킬로미터 1킬로미터를 싸우면서 여기로 온다. 여기 닿으면 도착했다고 생각한다. 그저 시작에 불과하다고 말해 주고 싶다. '탈출은 핏속에 눌러앉아 아직 태어나지 않은 자손에게도 전해지고, 세월이 흐르면 종양처럼 몸 안에서 커져요. 당신이 잃은 모든 것, 되찾을 수 있는 줄 알지만 언감생심이지요. 그게 여전히 거기 있어요. 당신이 겁낸 운명, 당신이 달아났던 그것이 아직도 거기 있다고요. 고통스런, 피가 철철 흐르는 죽음이 아직도 당신을 따라다닌다고요. 아직 거기 있어요. 그게 당신의 악몽을 헤집고 다니지요. 기억들을 헤집고 다녀요. 잃어버린 이들의 추억 전부를. 도망쳐 나온 삶이 이제 적응하려는 낯선 새 인생만큼 생생하게 같이 살아요. 없어지지 않아요! 당신은 그렇게 운명 지워졌고 자식들도 마찬가지예요. 모든 게 남아요, 모든 게 대물림된다고요.'

결국 방사선 치료를 진행하기로 결정한다. 병원 측은 간에 있는 큰 종양을 곧 제거하려고 한다.

크리스티나가 그 말을 전하자 난 웃기 시작한다.

"종양이 간에 있다면 어쨌거나 사방에 있는 거죠. 그런다고 내 목숨이 구해지겠어요? 이게 무슨 소용이죠?"

그녀는 침대 발치에 서서 고개를 젓는다.

"나히드, 구해드린다고 약속하지 않았어요. 아무 약속도 못 드려요. 단지 방사선으로 종양을 없애는 게 도움이 된다고 생각하는 거예요, 그뿐이죠."

그녀는 차트를 내려다본다. 우린 잠시 조용하다. 그러다가 주치의는 내 발에 손을 얹고 꼭 누른다.

"이 종양을 제거하지 못하면 다 끝나는 거예요, 나히드. 한 번 해보죠."

크리스티나가 몸을 돌려 걸어 나간다.

내가 살날이 6개월 남았다는 진단을 받은 지 2년이 다 되어간다, 의사들에게 죽을 거란 말을 들은 후. 안개 같다, 이번에는. 안개 같은 차들이 집 앞으로 날 태우러 온다. 내 몸이 어렵사리 아파트 건물을 떠나 차에 오른다. 안개 같은 구급대원들. 나는 문을 지난다. 들것에 실려 문들을 지나간다. 의사가 문을 연다. 치료, 검사 결과, 허탈. 거실 소파 옆의 토사물 양동이와 문 밖에 배달되는 식사 대용식 상자들. 복도에 상자들이 탑처럼 쌓이고. 그걸 아파트 안으로 들일 기운이 없다. 먹거나 마실 기운도 없다. 모르는 전화번호와 안개 같은 전화 통화. 주치의, 상담사, 영양사. 영양사라니, 헛웃음이 난다.

처음 영양사와 대화할 때 난 말했다.

"영양사는 건강했을 때 더 필요했겠죠."

아무튼 영양사는 계속 전화했다. 다들 마찬가지였다. 우선 영양사의 전화를 받지 않았다. 그 다음은 상담사의 전화. 크리스티나는 필요 이상으로 전화했다. 여느 의사에게 기대하기 힘들 만큼 자주. 그래서 전화를 받았다. 크리스티나는 소녀, 영양사, 주치의, 상담사의 일인 다역을 했다. 안개 같은 대화는 이런 말로 시작되었다.

"안녕하세요, 나히드? 크리스티나예요. 오늘은 좀 어떠세요?"

"오늘은 좀 어떠세요?", 새로운 대답거리가 없다. 난 암을 앓는다. 암이 내 몸을 먹어 치운다. 날 죽일 것이다. 그것은 안개다, 전부 안개. 온통 밝고 생기 넘치던 미드썸머 데이만 빼고. 우린 아름다운 추억 하나를 만들어 냈다. 오랜 세월 그 멋진 섬들을 찾아가 긴 시간을 보냈는데 결국 아름다운 추억을 만들어 냈다. 아름답기만한 추억을.

할머니가 될 때까지 살아야 된다고 스스로 다짐한다. 아기를 봐야 된다. 아기에게 자유롭게 태어났다고 말해 줘야 된다. 네 뿌리가 여기라고 일러 줘야 한다. 네 할아버지가 이 땅에 묻혔으니 여기가 네 나라라고. 우리가 곁에 없더라도 너를 자유롭게 만들어 준 건 우리라고. 뿌리를 내려주었다고. 우리가, 마수드와 내가 한 일이다. 그 말을 손주에게 해 주고 싶다.

그래서 벨을 누른다. 간호사가 들어오자 난 말한다.

"살기로 결정했어요."

그녀는 고개를 옆으로 갸우뚱하고 날 쳐다본다. 내가 다시 환각에 빠졌는지 아니면 그냥 주절대는지 살핀다.

"방사선 치료를 시작하고 싶다는 뜻이에요. 가능한 빨리!"

간호사가 고개를 끄덕인다. 내 이불을 바로잡아 준다.

"크리스티나에게 전할 게요."

그녀가 말한다. 더 하고 싶은 말이 있는 눈치다. 희망이 별로 없다고 다짐해 두고 싶겠지. 난 간호사를 막고 싶어서 눈을 감는다. 잠든 체한다. 간호사가 병실에 머문다. 꽃병의 물을 바꾼다. 주스 병을 비우고 탁자를 닦는다. 간호사가 할 일이 아니다. 내가 딱해서 그런 일을 해 준다. 그걸 안다. 간호사는 방사선 치료를 받아도 달라질 게 없는 걸 알기에 호의를 베푼다. 치료한들 며칠, 몇 주, 한 달쯤 얻는 것이 고작이다. 하지만 간호사에게 동정 받기 싫다. 내게 필요한 것은 그저 잠깐의 시간이다. 아기가 나올 때까지만 여기 있으면 된다.

의료진은 새로 시작되는 치료를 기대하며 날 병원에 잡아
둔다.

"여기 계셔야 제가 잘 지켜볼 수 있죠."

크리스티나가 말한다.

"난 여기 몇 주나 있었다고요."

내가 실랑이를 벌인다. 정말로 집에 가고 싶다. 그러다 며
칠이나 입원했는지 모른다는 사실을 깨닫는다. 오늘이 무슨
요일인지 모르겠다. 생각해 보니 몇 월인지도 기억나지 않는
다. 아기가 1월에 태어날 예정인 것은 기억한다. 크리스마스
가 지나갔던가?

내가 물으니 주치의는 걱정스런 표정을 짓는다. 크리스티
나가 질문 공세를 시작한다.

"어느 나라에 있는지 아시겠어요, 나히드?"

"난 치매 환자가 아니라고요, 크리스티나! 스웨덴이죠."

"어느 도시에서 태어났는지 아세요?"

스톡홀름이라고 대답하려는데 머릿속에서 틀린 답이란 말이 들린다. 기억해보려고 애쓰지만 뭔가 가로막는다. 나와 생각 사이에 벽 같은 게 있다.

"당연히 알죠."

내가 대답하고 눈을 돌린다.

"나히드, 따님의 이름이 뭐예요?"

난 허공을 응시한다. 벽이 점점 두꺼워지는 느낌이다. 내 앞쪽 벽에 아무것도 없다. 아무것도. 진공 상태 같다.

주치의와 눈이 마주치고, 그녀가 말하기도 전에 난 안다. 직원들이 날 들것에 옮겨서 밀고 가 큰 엑스레이 기계에 넣자, 난 폐쇄공포증에 휩싸여 악쓰고 비명을 지른다. 결국 그들은 나를 꺼내서 안정제를 주사한 후 다시 기계에 밀어 넣는다.

이제 뇌에 암이 있다. 그게 기억들 사이에 둥지를 틀었다. 생각들 속에, 바로 내 눈 앞에. 그게 나와 내가 알고 싶은 모든 것 사이에 벽처럼 버티고 있다. 내가 없어지기 전에 말하려던 모든 것 사이에. 볼 수 있는 모든 것, 보고 싶었던 유일한 것 사이에. 난 죽지 못하고 사라지고 있다.

"1월까지 얼마나 남았어요?"

그게 유일한 궁금증이었다.

"겨우 몇 주요, 나히드."

크리스티나가 말해 준다.

"그때도 내가 여기 있을까요? 1월까지 버틸까요?"

"저도 몰라요, 나히드."

의사가 내 머리를 쓰다듬는다. 크리스티나가 바로 옆에 있는데도 뿌옇게 보인다. 초점이 안 맞는 사진 같다. 그녀의 윤곽선을 보려고 눈을 가늘게 뜬다.

"1월까지 버티게 도와줘요. 1월에 여기 있게 제발 도와줘요."

나는 안개 속에서 의사의 얼굴이 굳는 걸 본다. 그녀가 감정을 억누른다.

"크리스티나, 제발 나한테 이러지 말아요. 부탁이에요. 곧 할머니가 돼요. 내가 할머니가 되게 해 줘요."

그녀가 우는 소리가 들린다. 보이지 않지만 들린다.

내가 중얼댄다.

"이건 불공평해. 공평하지 않아."

다음 날 아침, 간호사에게 앉혀 달라고 하고 커피 한 잔을 부탁한다. 기운을 북돋울 게 필요하다. 안개를 지나는 데 도움이 되는 게 필요하다. 데킬라를 달라고 하고 싶다. 한잔 털어 넣고 담배를 피우고 싶다. 하지만 이 안개가 그걸 감당하지 못할 것이다. 다시는 데킬라를 마시거나 담배를 피우지 못한다는 생각이 스치자 잠시 낙심한다. 그게 중요해서가 아니다. 그런 게 하나 더 보태져서다. 빼앗긴 게 하나 더 늘어서. 남들은 흔해 빠진 일이지만 난 다시는 경험할 수 없다.

전화 두 통을 해야 한다. 아직 기운이 남았을 때 두 사람과 통화해야 된다. 한 통은 어머니, 한 통은 딸. 나머지는 남이 마무리하면 된다. 전화기를 집어 들고서 누구와 먼저 통화할지 결정하려 애쓴다. 그러다 생각이 거기서 멈추고, 간호사가 병실에 들어와 커피를 들고 옆에 서자 그제야 다시 떠오른다. 무슨 일을 하려던 참인지 기억난다.

먼저 마리암에게 전화한다. 그게 자연스러운 일 같았다. 미래로 넘어가기 전에 과거를 해결하는 게.

몇 번 벨이 울린 후 언니가 전화를 받는다. 난 놀란다. 내가 어머니를 바꾸라고 졸라 대자 최근에 언니들은 내 전화를 피했다.

"나히드, 살람(안녕)!"

언니의 목소리가 날카롭다.

마리암이 계속 말한다.

"나히드, 잘 지내니? 아직도 병원에 있니? 언제 치료를 시작하니? 여긴 별 다른 일이 없으니 염려하지 마, 나히드. 너랑 아람이랑 아기한테만 신경 쓰도록 해. 곧 태어날 아기, 나히드."

언니의 말이 들린다. 그렇다. 그런데 난 마리암의 말투와 뒤에서 나는 소음에 귀를 기울인다. 짧게 몰아쉬는 숨소리와 음절 사이의 떨림을 듣는다.

"마리암, 엄마랑 통화하고 싶어. 엄마랑 통화하고 싶다고."

그 말만 되뇐다.

수없이 하고 또 했던 말이다. 얼마 안 되는 사이 그 말을 입에 달고 살았다. 가족들은 여전히 어머니와 나를 떼어놓았다. 난 "전할 소식이 있어!" 하고 외쳤다.

"부탁이야, 엄마를 행복하게 해드리려고 전화한 거라고."

하지만 통화하게 해 주지 않았다. 어머니가 뇌졸중을 일으킨 후 언니들은 통화를 허락하지 않았고, 이제 난 알아듣는다. 안개 속이지만 듣고 알아차린다. 할 말이 있어서 전화했지만 알아차린다. 그걸 안다. 만약 심장에 입이 있다면 고통스럽게 대성통곡할 것이다.

"마리암, 엄마를 바꿔 줘. 부탁이야, 엄마를 바꿔."

내 흐느낌에 그녀의 대답이 묻힌다. 대답을 듣고 싶지 않다. 하지만 결국 난 호흡과 기운을 놓쳐 버리고 마리암이 다시 그 말을 한다.

"나히드. 엄마가 떠나셨단다, 동생아. 세상을 떠나셨어. 돌아가셨어."

곧 죽을 사람이, 언제든 죽을 수 있는 사람이 어머니를 여의면 애가 끊어질 만치 슬프지 않을 것이다. 이별이 길지 않은 걸 아니까. 곧 끝날 슬픔임을 잘 아니까. 그런데도 애통하다. 전화기를 바닥에 떨어뜨리고 이불 속으로 파고들어 다시 안개에 휩싸인다. 얼마나 넋을 잃었는지…, 사람들의 목소리가 다가왔다 사라지고, 난 어머니가 돌아가셨다고 말하고 싶다.

"제발 안아 줘요, 어머니가 돌아가셨어요."

하지만 그들은 내 말을 환각으로 치부한다. 난 팔을 허공에 올리고 거기 있는 사람을 붙잡으려고 한다. 내가 아직 여기 있다고 말하려고 애쓴다.

아람은 나를 자기 집에 데려가려고 한다. 내가 거기서 살기를 바란다. 아람이 병실에서 주치의와 대화할 때, 단호한 말투로 들리지만 난 겁먹은 기미를 알아챈다.

"제 엄마니까 보살필 수 있어요. 해결해야 될 문제는 뭐든 해결할게요."

크리스티나는 말리려고 애쓴다.

"처리할 게 많아요. 모르핀, 약들, 모든 현실적인 일들. 환자분이 혼자 걷지 못하고 잘 보지 못하세요. 환각도 있고…, 종양이 뇌를 누를수록 점점 나빠질 거예요. 간호가 어려울 수 있어요."

아람은 허리에 양손을 얹고 서 있다. 내 눈에 보이는 건 그게 전부다. 배가 불룩한 검은 형체, 허리에 얹은 손. 아람은 성난 유령 같다. 동화에 나오는 유령.

"이분은 제 엄마예요, 크리스티나."

딸의 목소리가 갈라지고, 두 사람은 말없이 한참 서 있다. 기억이 난다. 처음 만났을 때 아람이 한 말이다, 내가 여기 처음 입원했을 때. 둘 사이에 죄책감과 수치스러움이 깔려 있다.

"왜 엄마를 구해 주지 않은 거예요, 내 엄마라고 말했는데. 어떻게 내게서 엄마를 뺏을 수 있죠?"

"가정 요양과에 전화하죠."

크리스티나가 말하고 병실에서 나간다.

내가 손을 들어 아람의 주의를 끈다.

"내 집으로 가게 해 줘. 내 집에 있고 싶다."

또박또박 말하려고 애쓰고 딸이 알아듣는다. 아람은 내 손을 잡고 이마에 입맞춘다.

"그러신 걸 알아요, 엄마. 그러실 수 있으면 좋겠죠."

내 살에 아람의 입술이 닿고, 따뜻하고 축축한 눈물이 느껴진다. 왜 그럴 수 없느냐고 묻고 싶다. 왜 우느냐고 물어보고 싶다. '내게 무슨 일이 벌어지고 있니?' 알 수가 없다.

하지만 종일 말이 나오지 않는다. 적당한 말을 찾을 수가 없고, 입 밖에 낼 수도 없다.

구급대원들이 와서 나를 데려간다. 나를 태운 들것을 밀고 병원 안을 지나 응급실 출입구로 간다. 이 일을 두고 농담을 하고 싶다. 초현실적이라고 말하고 싶다. 사실 다른 데 가야 되는데 앰뷸런스를 타고 집에 가다니. 그렇게 말하고 싶다. 하지만 불빛이 너무 밝고 기계가 소란하게 "삐" 소리를 내서 그냥 눈을 감는다. 정신을 차리니 대원들이 나를 차로 들어 올린다.

"곧 내 생일이에요."

내가 말한다. 계속 말을 잇는다.

"쉰다섯 살이 돼요. 팍삭 늙었네. 파티에 와요. 파티에 꼭 와야 해요."

구급대원들이 말을 듣지 못한 것 같다. 내가 실제로 그 말을 했는지조차 모르겠다. 다시 말하려 해도 소리가 나오지 않는다.

나는 어머니와 묘지에 한 번 찾아갔다. 정치범들이 매장되는 묘지였다. 처형된 이들은 따로 무덤이 없었다. 땅 속에 매장되었다. 통고를 받은 유가족들도 있었다. 자녀의 시신이 어디 있는지조차 모르는 가족들도 있었다. 우리 같은 가족들은 짐작만 할 뿐이었다. 누라가 여기 있을 거라고 짐작되었다. 누라가 영원히 잠든 곳이라고. 열네 살 소녀가 영면이라니 어울리지 않았다. 안 될 일이었다.

그날 밤 이후 어머니는 별로 말하지 않았다. 교도소에 다녀왔다. 나중에 우리에게 그 얘기를 해 주었다. 어머니는 자신이 나서지 않으면 우리가 교도소에 가리란 걸 알았고, 우리까지 잡혀 갈까 두려웠다. 그래서 교도소에 가서 딸이 있느냐고 물었다. 그들은 딸이 거기 없다고 말했다. 교도소를 나서는 어머니에게 경비병이 소리쳤다.

"부끄러운 줄 알아요, 아줌마. 어미가 되어 딸이 어디 있는지도 모르다니. 어미가 되어 교도소 문을 두드리고 딸을 찾다니."

어머니는 그에게 걸어가 바싹 다가서서 눈을 노려보았다. 그러다가 얼굴에 침을 뱉었다. 어머니는 현장에서 잡혀갈 수도 있었다는 걸 알았다. 그러지 않은 게 기적이었다.

경비병은 땅바닥을 내려다보았다. 누라 또래 아이였다. 그는 물끄러미 내려다보았고, 어머니는 가방을 꼭 쥐고 관절염을 앓는 다리로 최대한 서둘러 걸어 나왔다.

그러다가 누라가 실종된 지 2주하고 나흘이 지난날, 아침 식사를 하던 중 어머니가 내 컵에 차를 따르면서 차분하게 말했다.

"오늘 누라를 찾아가 보려 한다."

마수드가 어리둥절하고 고통스런 눈으로 올려다보았다.

"어머니, 아시는 거라도 있습니까?"

엄마는 식탁에 놓인 치즈에 손을 뻗었다.

"내 딸이 우리를 떠났다는 걸 알아. 심장으로 그걸 알지."

마수드가 말대꾸하려 했지만 어머니가 손을 들어 말을 막았다.

"오늘 묘지에 갈 거야."

어머니가 단호하고 침착하게 말했다.

마수드가 내게 고개를 돌렸지만 난 눈을 맞출 수가 없었다. 그러자 그는 일어나서 재킷을 걸치고 현관문을 쾅 닫고 나갔다. 어머니는 미동도 하지 않았다. 그대로 앉아 있기만

했다. 등을 꼿꼿이 세우고. 무릎에 손을 올리고. 코트와 스카프가 의자에 걸쳐 있었다. 구두는 벽 옆에 놓였고, 그 옆에 가방이 있었다. 어머니는 준비가 되었다. 어떻게 그렇게 해놓았는지 난 몰랐지만, 아무튼 채비가 끝났다.

나는 미소 지었다. 그 미소를 끌어내기가 아주 힘들었지만 해냈다. 얼핏 웃으면서 말했다.

"엄마가 하자는 대로 할게요."

그래서 우린 가장 좋은 옷을 입고 손을 잡고 버스를 타러 갔다.

바닥에 쓰러져서 다시는 움직이지 않고 싶었다. 하지만 난 어머니의 손을 잡았다. 어머니가 쳐다보자 빙긋 웃었고, 우린 버스를 타고 가는 내내 손을 잡았다. 어머니는 다른 손에 카네이션 다발을 쥐었다. 전날 사놓고 물에 꽂는 걸 잊었음이 분명했다. 꽃 머리가 무릎 아래로 축 처졌다. 이런 생각을 했던 기억이 난다. '이렇게 하면 안 돼. 이건 틀렸어.' 하지만 우리가 달리 어쩔 수 있을까.

묘지는 컸고 많이 걸어야 했다. 어머니가 다리를 저는 게 느껴졌다. 관절염 때문에 통증이 심했다. 하지만 얼굴은 그대로였다. 자세가 꼿꼿하고 얼굴은 무표정했다. 처형된 이들의 표시 없는 무덤들 사이로 들어서자, 어머니는 털썩 주저앉았다. 내 몸처럼 어머니의 몸도, 땅 속으로 들어가고 싶다가 마침내 허락을 얻은 것 같았다.

어머니는 누런 모래 위로 몸을 굽혔다. 나는 옆에 앉았다. 어머니가 속삭이는 소리가 들렸고, 몇 번이고 땅에 입맞추는 소리가 들렸다. 난 양손에 모래를 퍼서 모래가 다시 땅으로 흘러내리는 것을 지켜보는 것밖에 할 수가 없었다.

어머니가 보인다. 내 방에서 시든 카네이션을 한아름 안고 서 있다. 어머니가 나를 찾아왔다. 작별 인사를 하려고 왔다. 나는 다가오는 그분을 본다. 검은 코트를 입고 머리에 검은 스카프를 맸다. 평온한 얼굴과 꼭 붙든 가방이 보인다. 어머니가 내 옆에 무릎을 꿇는다. 바닥에 입맞춘다.

"여기는 어떻게 오셨어요, 엄마? 누가 들여보내 줬어요? 엄마가 떠나신 줄 알았어요. 다 끝난 줄 알았어요. 엄마, 드릴 말씀이 있어요. 엄마, 들어보세요."

누군가 차가운 손을 내 이마에 댄다. 나를 달랜다. 조용조용 노래한다. 눈앞이 뿌옇게 변하고 어머니의 윤곽선이 흩어지기 시작한다.

"엄마, 저를 두고 가지 마세요. 같이 있어 주세요, 엄마가 필요해요. 다시 더 잘 해 볼게요! 내가 엄마한테 빼앗은 걸 돌려드릴게요. 약속해요."

하지만 어머니는 없었다. 누렇게 썩은 카네이션을 두고 떠났다.

머릿속에서 세상이, 초점이 맞으면서 다시 명확해진다. 마요네즈 병을 처음 열 때처럼 "딸깍" 소리가 난다, 밀봉이 풀릴 때처럼.

"딸깍" 소리가 나고 난 눈을 뜬다. 커다란 창문 밖은 어둡고 바람이 분다. 나뭇가지가 유리창에 탁탁 부딪친다. 실내는 조명이 흐릿하다. 식탁에서 촛불이 퍼덕인다. 창틀에 대림절(크리스마스 전 4주일. 북구에서 창가에 촛불을 밝힌다._역주) 촛대가 있고, 구석에서 크리스마스트리가 반짝인다. 클래식 음악이 낮게 흐르고 멀리서 사람들 소리가 들린다. 오븐에서 고기구이와 잘 익은 감자 냄새가 풍긴다. 순간적으로 상상인가 싶지만 분명히 현실이다. "딸깍." 또렷하다.

"아람."

목쉰 거친 소리가 나서 헛기침을 한다.

"아람!"

사람들 소리가 잠잠해지지만 아무도 오지 않는다. 그들이 외치는 소리가 다시 나는지 귀를 기울이나 보다. 잘못 들었다고 생각하는 모양이다.

"아람!"

이제 또렷한 소리로 외치니, 아람이 손에 든 것을 내려놓고 달려오는 기척이 들린다. 아람이 뛰어와 내가 누운 거실의 문간에 멈춰 서서 날 쳐다본다.

"살람 마다르."

내가 말한다. 안녕, 내 사랑.

아람이 뒷짐을 지고 문간에 서서 커다란 눈으로 날 본다. 그 주변에 후광이 있는 것 같다. 질끈 묶은 머리 주위에 빛이 반짝인다, 머리 뒤쪽에서. 천사 같다. 늘 상상하던 천사의 모습이다. 난 생각한다. '우린 서로 아주 가까이 있어, 아기와 나는. 난 죽음에 가까이 있고 아기는 삶에 가까이 있으니, 곧 둘의 가는 줄이 엇갈릴 거야. 어쩌면 우린 같은 곳에 있어.' 그 생각을 하니 안전한 기분이 든다. 아주 오랜만에 처음으로 혼자가 아니라고 느낀다. 난 홀로 죽지 않을 것이다. 우리는 만나서 손을 잡을 거고, 그런 다음 서로 가만히 당겨서 선을 넘을 것이다.

아람은 내 정신이 맑기를 바라고 나도 그러고 싶다. 딸은 질문의 답을 얻으려 한다. 가슴에 안고 살 수 있는 말을 듣고 싶어 한다. 하지만 난 평온과 고요를 바랄 뿐이다. 누워서 눈을 뜨고 바깥 창을 스치는 나뭇가지를 보면서 그 움직임의, 생명의 일부인 느낌을 맛보고 싶을 뿐이다.

아람이 소파 끄트머리에 앉아 처음 한 말이 이거다.

"크리스마스를 놓치셨어요, 엄마."

그게 내 안의 어둠을 깨운다. 이 말이 날 화나게 한다. 한낱 크리스마스가 무슨 대수라고. 앞으로 매해 크리스마스를 놓치게 생겼는데 올해 한 번 더 놓친 게 무슨 큰일이라고.

"저희는 엄마가 그리웠어요."

아람이 말하고, 이게 문제다. 내 부아를 돋운다. 아람이 크리스마스를 나와 보내고 싶은 것은 자신을 위해서다. 마지막 크리스마스를, 자기들의 크리스마스에서 내 이미지를 남기고 싶은 게지.

"선물이 있어요."

아람이 단호하게 말한다. 이게 옳은 일이라고 자신과 나, 둘 다 설득하려는 말투다. 내게 크리스마스 선물을 주는 게 옳은 일이라고, 우리의 마지막 순간을 메울 적당한 일이라고.

마음이 행복하다. 뱃속에서 묘한 감정이 생겨서 목구멍으로 올라와 입술에 닿는다. 내가 입으로 웃는 걸, 나머지 얼굴은 뻣뻣한 걸 안다. 눈을 가늘게 뜬다. 아람이 큰 꾸러미를 위로 들어 가까이 민다. 꾸러미의 다른 쪽을 아람이 받친 게 느껴진다. 무거운 물건을 통째로 내 가슴팍에 올려놓지 못한다. 우리가 이 순간을 붙든 게 느껴진다.

"마음에 드시면 좋겠어요. 엄마가 이걸… 사용할 수 있으면 좋겠어요."

아람은 언제 다시 내가 정신을 차릴지 모른다. 다시 정신이 들지. 또릿함이 우주로 헤엄쳐 들어가 기억과 성취되지 않은 소원들의 바다로 사라질지. 아람은 이게 내 마지막 숨결인지 아닌지 모르고, 내가 말하기 꺼리는 걸 안다. 난 딸에게 필요한 것을, 위로의 말을 해 주면서 상처를 어루만져 주기 싫고, 아람은 그걸 안다. 난 딸이 평생 안고 살아갈 것을 해 주기 싫은 걸 아람은 안다. 그래서 내게 뭔가 준다. 내게 아무 소용없고 쓰지 않을 물건을 주고, 그게 우리 둘을 예상보다 행복하게 만든다. 상상도 못 했던 행복감을 준다.

아람이 포장지를 뜯어 상자를 꺼낸다. 긴급 상황인 것처럼 부랴부랴 움직인다. 난 눈을 가늘게 뜨지만 보이지 않는다. 아람이 그게 뭔지 말해 준다. 비싼 핸드백, 내가 갖고 싶지만 나 같은 사람에게 어울리지 않을 물건이다. 사치스런 가방이고 난 마르크스주의자다. 적어도 과거에는 그랬지만 이 가방은 내가 가치 있는 것을 누릴 자격이 충분하다고 느끼게 한다. 난 생각했던 것보다 가치 있는 사람이다.

색상이 보인다. 온통 빨간색인지 부분만 그런지는 모르겠다. 가방을 위로 들고 아람이 손을 잡는다.

"내 빨간 부츠랑 세트구나. 같이 착용하면 좋겠다."

내가 말한다.

아람이 내 손을 꼭 쥔다.

딸이 말한다.

"좋은 아이디어예요, 엄마. 가방을 들고 빨간 부츠를 신고 둘이 같이 산책하러 가요."

고개를 들어 딸을 보니, 순간적으로 또렷이 보인다. 말투 못지않게 표정도 단호하다. 아람은 한시도 포기하지 않을 것이다. 나를 살아 있게 할 것이다. 둘 다 필요한 때까지 날 살아 있게 만들 것이다.

멀리서 둘의 목소리가 들리고 신경에 거슬린다. 그들은 나를 침실로 옮겼다. 내가 안방 침대를 차지해서 둘이 어디서 자는지 모르겠다. 둘이 집에서 나가고 열쇠 잠그는 소리가 나더니 돌아오는 기척이 들리고, 들뜬 목소리와 봉투를 부스럭대는 소리가 난다. 거실에서 둘이 아기 침대를 조립하는 소리가 들린다. 요한이 조립을 마치는 사이 아람이 카펫에 옆으로 누워서 무겁게 숨 쉰다. 난 그들이 계획과 꿈을 풀어 놓는 소리와 둘의 간절한 바람을 듣는다. 내가 여기 누운 사이 그들은 가정에, 마음속에 뭔가 세우고 맨손으로 미래를 쌓고 있다. 아람이 이따금 날 보러 들어온다. 자주 온다는 걸 난 안다. 하지만 가끔으로 느껴진다, 자주가 아니라. 아람은 약 복용을 챙기고, 젖은 솜으로 입술을 적셔 주고 머리를 쓰다듬어 준다. 내 문지방을 넘어 삶에서 죽음으로 들어선다. 곧 지나갈 것과 곧 찾아올 것을 넘어서.

말을 못 하겠다. 감정을 말할 수가 없는데 많은 게 느껴진다. 이건 아니다 싶다. 아람이 침대 옆에 앉아 손을 잡고 작별 인사를 하면 좋겠다. 내 세상의 전부인 이 피치 못할 기다림에 함께해 주면 좋겠다. 새로움은 좀 놔둬도 된다. 휴식. 휴식은 나중에 거기 있을 것이다. 사라지는 것은 나다. 난 아람이 잘못하고 있다고 생각한다. 임신하지 않았으면 좋을 텐데. 관심을 온전히 여기, 내게 쏟을 수 있으면 좋겠다. 내가 자기를 이 세상에 내놓았다는 걸 이해할 수 있으면, 그러니 날 외롭게 하면 안 된다는 걸, 이렇게 혼자 누워서 끝내면 안 된다는 걸 알면 좋겠다. 그 아이는 내게 그런 빚을 졌다. 나를 외로움에서 지켜 줘야 될 의무가 있다. '넌 날 버리고 있어!' 아람이 아기 옷을 개고 서랍에 얌전히 넣는 소리가 들리면 그렇게 외치고 싶다. '이렇게 한 걸 후회하게 될 게다.'

의료진이 매일 찾아온다. 아마 하루에 몇 번씩 오는지도 모르겠다. 난 그들의 도착을 냄새로 안다. 내게는 나쁜 냄새가 아니다. 집처럼 느껴진다. 긴 세월 병원, 요양원, 개인 의원에서 보냈다. 긴 세월 흰 가운을 입고, 남들을 간호했다. 가끔 내게 다가오는 내가 보인다. 흰 가운을 입고 머리를 틀어 올리고 입술을 빨갛게 칠하고. 나를 일으키고 손을 잡는 내가 보인다. 머리빗을 들고 부드러운 손길로 오래 머리를 빗긴다. 스툴을 끌어다 놓고 주머니에서 분홍색 매니큐어를 꺼낸다. 노래를 부르면서 내 손톱을 칠한다. 늘 환자들에게 불러 주던 노래다. 나한테 다가와서 노래하는 내가 보인다. 난 늘 노래한다. 내가 나를 간호할 수 있었으면 얼마나 좋을까. 예전의 노래를 부를 수 있으면 좋을 텐데. 가끔 딸인 걸 깨닫는다. 잠깐 명료한 순간, 그걸 안다. 아람이 앉아서 무릎에 내 손을 올려놓고 노래하면서 손톱을 칠해 준다. 아람은 늘 노래한다.

그날 노래를 듣지 못한다. 다가오는 병원 냄새를 맡고, 사람들이 내 위에 서 있는 기척을 느낀다. 그들이 나를 함부로 붙잡는다. 아무 말도 못 하겠다. 그만하라고 말할 수가 없다. 사람들이 내 팔에 튜브들을 꽂고 코에 산소마스크를 씌운다. 평소보다 인원이 늘었고, 사람들이 부딪치는 소리로 그걸 알 수 있다. 서로 부딪치고 잽싸게 움직인다. 그러더니 느닷없이 모두 사라진다. 그제야 내 숨결이 느껴지고, 숨이 옅어지는 걸 깨닫는다. 매번 숨이 폐의 가장자리로 밀려가서 빠져나갈 길을 찾지 못한다. 숨이 몸속에서 덜거덕대고 쉬쉬 소리를 내고, 갇힌 기분이 느껴진다. 내 안에 갇혀 빠져나올 수가 없다.

사람들이 다시 와서 나를 들것에 옮긴다. 아람의 윤곽선을 찾으려고 머리를 돌리려고 하지만 그러지 못한다. 아람이 방 안에 없는 것은 안다. 문 밖에 서 있고 뭔가 잘못됐다. 사람들이 너무 많고 그들이 내 시야를 가린다. 팔을 휘둘러 몰아내고 싶지만 몸이 말을 듣지 않는다. 팔을 들 수가 없고, 눈을 뜰 수가 없으니 내가 아직 살아 있다고 아무에게도 알리지도 못한다. 사람들이 날 밀고 아파트에서 복도로 나가고 거기서 아람의 소리가 들린다. 아람이 신음한다. 무겁고 리드미컬하게 호흡한다. 아람 앞을 지날 때 사람들이 잠깐 멈춘다. 아람이 주저앉는다. 손으로 배를 움켜쥔다. 보이는 것은 그게 전부다. 딸은 내 손을 잡는다. 부드럽지만 꼭 쥐어서 둘 사이의 박동이 느껴진다.

"저희가 갈게요, 엄마. 저희가 갈 거예요."

감정을 누르는 목소리다. 더 듣고 싶다, 무슨 일이 벌어지는지 알고 싶다. 하지만 아람은 허리를 굽히고 비명을 참고, 그 순간이 지나가 버린다. 사람들이 나를 밀고 냉랭한 계단통으로 가고 난 눈을 감는다.

"저희가 갈게요."그 말이 머릿속에서, 몸속에서 빙글빙글 돈다. 입 안에서 가글 액이 빙글빙글 구석구석 돌듯이. "저희가 갈게요."

그들이 내 침대 옆에 앉아 있다. 어머니는 나랑 묘지에 갔던 날처럼 검은 옷을 입었다. 어머니는 무릎에 손을 올리고 몸을 앞뒤로 흔든다. 내가 집에 돌아가서 누라가 끌려간 걸 알았을 때처럼. 마리암은 머리를 숙이고 있다. 속눈썹이 얼굴에 긴 그림자를 드리운다. 언니는 귀에 연필을 꽂고 있다. 진갈색 머리칼이 어깨를 덮는다. 마리암은 아름답다, 정말로 아름답다. 뺨에 퍼런 손자국이 박힌 걸 난 안다. 그래서 머리를 숙인 것이다. 그들 뒤에, 어머니와 큰언니 뒤에 누라가 서 있다. 머리를 양 갈래로 땋고 베레모를 쓴 모습. 큼직한 안경, 환한 미소. 모험에 나선 열네 살. 누라만 나를 쳐다본다. 나와 마주치는 시선에 천 마디 말이 담겨 있다. 그날 이후 간절히 하던 모든 말이.

아는 냄새가 나고 다시 병원에 들어온 걸 안다. 움직임, 몸들. 사람들이 나를 밀고 새 튜브들을 꽂는다. 펌프 소리를 듣고 그게 뭔지 안다. 의료진이 몸에 모르핀 주사를 주는 걸 안다. 그들은 통증을 없애 주려 한다. 나를 진정시키려고 한다. 내가 다 내려놓고 스르르 떠나게 해 주려고 한다. 나는 누군가의 옷소매를 당겨서 움켜쥐려 한다. 시간을 더 달라고 부탁하려고 애쓴다, 조금만 더. 고함을 지르려고 한다. "난 준비가 안 됐어, 아직은 아니야!" 하지만 그들은 내 움직임을 보지 못하고 내 외침을 듣지 못한다. 난 버틸 수가 없다. 내가 놓는 것이, 놓아 버리는 게 느껴진다. 나는 둥둥 떠내려간다. 기분 좋은 감각이다. 오랜만에 느끼는 최고의 안락. 해변에 누워, 하늘에서 태양이 빛나고 바람이 몸을 스치는데 잠이 솔솔 오는 기분. 비몽사몽 상태.

다시 그 소리가 들린다. 멀리서 나는 소리. 시간과 공간 저 멀리서. 아기 울음. 난 움직이려 하지만 몸이 진흙탕 속에 점점 빠지는 것 같다. "엄마가 여기 있어." 하고 소리치고 싶다. "엄마가 같이 있어. 엄마는 널 두고 가지 않을 거야." 하고 우는 아기에게 그 말을 하고 싶다. "엄마는 널 두고 가지 않을 거야."

다시 그 소리가 들린다. 내 무감각한 몸을 휘감는 울음. 이제 가까이서 들린다, 소리가 다가오는 것 같다. 다른 울음소리가 나더니 아람이 내게 다가온다. 흰 옷을 입고, 머리를 틀어 올리고 빨간 입술로 양팔에 아이를 안고 있다. 순간적으로 나를 보는 것 같다. 그러더니 어머니가 품에 간난 누라를 안고 내게 다가오고, 그러다 "딸깍" 하면서 모든 게 다시 명료해진다.

아람이 의자를 최대한 침대 가까이 당긴다.

딸이 말한다.

"엄마, 엄마. 제가 왔어요. 제가 같이 있어요."

아람이 내 팔을 들어 올린다. 이제 내 힘으로 하지 못하는 일이다. 아람은 내 양팔을 가슴 위로 올린다. 그러더니 그런 말을 한다. 내가 갈구했던, 갈구하고 소망하기를 중단한 줄 알았던 말을 한다.

"이제 여기 나왔어요. 누라가 여기 있어요. 엄마는 해내셨어요, 엄마."

아람이 아기를 내 가슴에 올려놓는다. 그렇게 되었다. 그렇게, 누라가 여기 있다. 그렇게, 누라가 돌아왔다. 난 생명의 냄새에 휩싸인다. 손 타지 않은 피부의, 새 출발의 감미로운 냄새.

나는 아기를 제대로 보려고 목을 굽히려고 애쓴다. 아람이 내 머리를 받쳐서 볼 수 있게 도와준다. 아기가 눈을 뜬다. 아기. 누라. 내 꼬맹이 누라.

밝은 파란색 눈이다. 바다처럼 파랗다. 섬들처럼, 하늘처럼 파랗다. 그 하늘 아래 놓인 다리를 우린 왔다 갔다 수없이 건너다녔지. 넘실대는 아름다움. 가슴팍에, 심장에 아기의 무게가 느껴진다. 아기의 몸 안에서 내 심장이 뛴다고, 아기에게 힘을 준다고 상상한다.

"사랑스러운 아가. 내가 할머니란다, 내 강아지. 내가 네 할머니야."

실제로 그 말을 했는지 몰라도 아기가 듣는 걸 안다.

"내가 너를 여기 데려왔어. 우리가 그랬지."

*

그들의 윤곽선이 이지러진다. 그러다 곧 사라진다. 빛이 흐려진다. 침대에 누운 몸이 무겁고, 가슴팍에서 아기의 무게가 느껴진다. 아람이 내 손을 잡는 게 느껴진다. 그게, 내가 두고 가는 몸들의 무게가 느껴진다. 아람이 노래한다. 그 소리가 나를 받아들이는 어둠 속으로 따라온다. 아람이 내가 부르던 노래를 부르고, 난 속으로 미소 짓는다. 그 아이들은 우리 노래를 부를 테고, 우리 노래는 끝나지 않는다.